Patrick Renard

Comme la plume au vent

Ce livre est une fiction. Toute ressemblance avec des personnes, des lieux, des situations ou des événements, ne serait que pure coïncidence.

© 2025 Patrick Renard
Édition : BoD · Books on Demand, 31 avenue Saint-Rémy, 57600 Forbach, bod@bod.fr
Impression : Libri Plureos GmbH, Friedensallee 273, 22763 Hamburg (Allemagne)
ISBN : 978-2-3225-3532-3
Dépôt légal : Mai 2025

Patrick RENARD est un passionné d'écriture et surtout de poésie.

Après quelques publications isolées de poèmes, il publie en 2019 deux recueils *Mélancolies* et *Nostalgies* mêlant formes classiques, néo-classiques et libres, quelques textes étant illustrés d'aquarelles, de gravures, de pastels originaux.

En 2021, il publie un roman policier « *La promesse* », première enquête du détective Rodan O'Brien.

En 2022, sortie d'un nouveau recueil de poésie *Imaginaire* puis en 2023 *Mon cœur est une plage,* tous les deux illustrés par **Christiane Rosnet**.

Patrick Renard publie également en 2023 un cinquième recueil de poèmes *Ombres et Lumière* avec des illustrations d'**Anne Dumas** et **Christiane Rosnet**.

Chapitre 1

Quelle magnifique journée !

La fête de la Loire battait son plein sous le soleil accablant de ce dernier dimanche de juillet.

Des milliers de personnes venues tôt ce matin-là se massaient sur les quais entre les deux principaux ponts de Tours pour assister à la parade permanente des vieux gréements que des associations de bénévoles avaient construits, redonnant vie avec passion à ces bateaux qui jadis sillonnaient par centaines le fleuve royal.

La Loire avait en effet constitué longtemps un lien privilégié entre les villes qui la bordaient, une grande partie des marchandises qui alimentaient les tourangeaux empruntait la voie fluviale.

C'était aussi pour nombre de voyageurs un moyen de se déplacer tout en douceur au fil de l'eau en évitant les routes cahoteuses empruntées par des diligences bringuebalantes.

Rodan O'Brien avait trouvé une place de choix contre le parapet du pont de pierre. Il était émerveillé par le spectacle de tous ces bateaux dansant gracieusement sur les eaux calmes d'un étiage estival.

Il écoutait attentivement les commentaires du speaker donnant force détail sur chaque embarcation, toues cabanées, fûtreaux, chalands, gabares évoluant au gré d'un vent nonchalant qui obligeait parfois les équipages à recourir aux rames.

O'Brien était un ancien détective privé ayant longtemps vécu à Philadelphie. Au cours d'une de ses enquêtes qui l'avait mené jusqu'en France, il était tombé amoureux de la douceur de vivre de cette région chargée d'Histoire et avait fini par venir s'installer en Touraine, dans un charmant village où il retapait petit à petit une vieille bâtisse au bord d'un ruisseau ombragé.

Il avait noué une relation d'amitié avec Paul Mornard, Commissaire principal en charge de la Brigade criminelle de la ville de Tours avec lequel il partageait une passion inconditionnelle pour le Jazz. Chaque année en septembre, pendant une semaine, tous les deux prenaient leur quartier à Montlouis pour le festival dont ils ne rataient aucune performance.

Des milliers d'images plein les yeux et des centaines de photos sur son mobile, O'Brien avait regagné son coin de paradis tard le soir après avoir longuement goûté l'ambiance festive de la guinguette des bords de Loire.

*

Le téléphone sonna chez Rodan O'Brien vers 7h30.

« Bonjour Rodan. Je ne te réveille pas ?
— Salut Paul ! Qu'est-ce qui t'amène si tôt ?
— On vient de m'appeler des bords de Loire. Des gars qui venaient récupérer leur bateau qui a participé à la parade d'hier ont découvert un cadavre à l'intérieur de la cabine. Tu étais bien au spectacle ?
— Oui, j'y suis resté toute la journée !
— Je vais sur place. Si ça te dit, tu peux me rejoindre.
— J'arrive ! »

Le commissaire Mornard avait pris l'habitude de partager avec son vieil ami certaines de ses enquêtes. Rodan O'Brien en fin détective lui avait souvent été, très officieusement, un précieux auxiliaire.

Rodan mit moins de 20 minutes pour se rendre sur le quai rive sud où l'attendait Paul.

La police scientifique était déjà sur place pour les investigations d'usage, ainsi que le médecin légiste.

Les bénévoles qui géraient le bateau répondaient aux questions de deux policiers de la brigade criminelle.

La Touronne était une toue cabanée fabriquée récemment par une association de passionnés qui redonnait modestement vie à la navigation fluviale autrefois si florissante.

Le lundi matin, les marins étaient venus très tôt pour ramener l'embarcation à son point d'amarrage près de l'île Simon.

En ouvrant la cabane dont la porte n'était pas verrouillée, l'un d'eux avait aussitôt aperçu le corps étendu dans une mare de sang.

Au premier coup d'œil, il avait vu la vareuse bleu marine floquée dans le dos du nom du bateau que portaient tous les membres de l'équipage. Sans le moindre doute il avait reconnu son capitaine.

Paul Mornard accueillit O'Brien en lui précisant discrètement qu'il était là en tant que témoin pour éviter les questions du procureur de la République qui venait d'arriver sur les lieux.

Le commissaire et le détective rejoignirent les deux policiers de la Criminelle, suivis par le procureur qui les questionna.

« Avez-vous entendu des témoins ? Qu'est-ce que vous pouvez me dire ?
— La parade de nuit s'est terminée vers 23h. L'équipage a mis une heure environ pour dégréer le bateau et ranger tout le maté-

riel. Ils sont tous partis peu après minuit. D'après les premières constatations de nos collègues de la Scientifique et du médecin légiste, la victime a été tuée par balle. Les marins ont reconnu leur capitaine, un certain Claude Madeau, un gars sympa et sans histoires d'après eux. On n'a pas encore retrouvé l'arme.
— Bien ! Je rentre à mon bureau préparer la conférence de presse. Tenez-moi au courant. »

Le Commissaire et le détective montèrent à bord de la Touronne, encore méticuleusement inspectée par les hommes de la Scientifique revêtus de leur combinaison blanche intégrale.

Selon le médecin légiste qui avait fait ses premières observations, l'homme était probablement mort entre une heure et trois heures, une seule balle en pleine tête. Il en saurait plus après l'autopsie.

Vers 9h, Paul et Rodan quittèrent les lieux.

Le détective rentra chez lui.

Il s'installa devant son ordinateur pour y transférer les photos qu'il avait prises la veille lors de la parade nautique. Il avait depuis quelque temps délaissé son vieux boîtier pour le smartphone dont il appréciait malgré tout la qualité des images qu'il pouvait de surcroît retraiter aisément.

Il regardait longuement chaque cliché, au besoin il recadrait, il éclaircissait, il contrastait. Cent vingt huit photos, minutieusement décortiquées par son œil d'expert. Il avait photographié chaque embarcation plusieurs fois au cours de la journée.

Les modifications terminées, comme à l'accoutumée, Rodan repassa une à une les images enregistrées.

Soudain un détail attira son attention.

Sur la photo 25, la toue cabanée apparaissait plein écran. Au milieu des passagers embarqués pour un baptême de navigation sur la Loire, un homme se tenait debout, en costume sombre au milieu des tenues estivales bigarrées des autres participants.

La photo avait été prise à 11h13.

Rodan O'Brien scrutait maintenant chaque image.

Photo 49, 15h50, la gabare au premier plan accompagnée d'un fûtreau, et derrière la Touronne.

Le détective agrandit le cliché pour mieux l'observer. L'arrière plan était un peu flou mais il put distinguer une silhouette sombre debout à l'avant.

Photo 74, 17h03, à nouveau la toue en gros plan. Cette fois-ci on pouvait nettement voir l'homme en costume appuyé à la cabane. Il semblait en grande conversation avec un membre d'équipage facilement reconnaissable à sa vareuse bleu marine floquée dans le dos du nom du bateau. Rodan identifia le capitaine dont le corps avait été retrouvé ce matin.

Photos 75 et 76, 17h05, l'inconnu en costume sombre avait posé ses mains sur les épaules du capitaine, comme pour le sermonner. Le capitaine baissait la tête.

Rodan O'Brien décida d'appeler son ami Paul Mornard.

« Paul, j'ai quelque chose à te montrer. J'ai fait pas mal de photos hier et il y a un détail qui m'intrigue.
— Ecoute Rodan, je suis à mon bureau. Tu peux me les apporter ?
— Bien sûr. J'arrive. »
Le détective enregistra les cent vingt huit photos sur une clé USB et prit aussitôt la route de Tours.

*

Quand O'Brien entra dans le bureau de son ami Paul Mornard, plusieurs policiers en civil se trouvaient réunis autour du commissaire.
« Salut Rodan !
— Bonjour à tous.
— On vient de recevoir le rapport du légiste et de la balistique : le capitaine du bateau a été tué d'une balle en pleine tête. L'arme serait un pistolet automatique 7,65 de type Ruby.
— C'est une arme très répandue me semble-t-il ? demanda O'Brien. »
Le commissaire confirma puis ajouta :
« Alors, qu'est-ce que tu veux nous montrer ?
— J'ai apporté une clé USB avec les photos que j'ai prises hier à la parade des vieux gréements. Il y a un détail qui m'a intrigué.

— Regardons ça ! »

Paul inséra la clé dans son ordinateur et tourna l'écran vers ses collègues.
« Va jusqu'à la photo 25, lui dit Rodan…Là, voilà ! Regardez le gars en costume debout à l'avant du bateau… Passe à la photo 49, agrandis-la, tu vois sur la toue, le gars est encore là!… Photo 74, le même homme qui paraît être en grande conversation avec le capitaine… Sur les suivantes il semble encore parler avec lui.
— On le voit bien sur la 76 ! On va lui tirer le portrait ! »

Paul Mornard récupéra la photo sur l'imprimante et alla l'accrocher au grand tableau sur lequel figuraient déjà quelques éléments de l'enquête qui venait de débuter.
« Je le connais ! »
Gérard Delgado, l'un des policiers présents, venait de s'approcher du tableau. Tous le regardèrent, surpris et interrogateurs.
« C'est sûr ! … Jojo, le sbire du grec, précisa Delgado. »

Chacun savait qui était le Grec, figure locale des tripots clandestins, le secteur qui dépendait de l'unité de Delgado.
« Tu sais où le trouver ?
— Je crois !
— Alors on y va ! »

Tandis que Rodan O'Brien, le détective, rejoignit sa maison, le groupe de policiers se rendit à l'Athéna-Bar dans le vieux Tours où ils furent très fraîchement reçus par le Grec.
Ils se trouvèrent très déçus quand celui-ci leur raconta la soirée de Jojo.

« Il était parti régler un petit différent financier avec l'un de mes clients mais au retour il a eu un accident, renversé par un chauffard en traversant les quais ! Il a été hospitalisé dimanche vers 18h. »

*

Rodan O'Brien se repassait les photos de la parade quand le téléphone sonna.
« Rodan ? C'est Paul. On a fait chou blanc ! Le Jojo est hospitalisé depuis dimanche vers 18h, il n'y est pour rien.
— Je continue de regarder les photos. Au cas où ! »

Soudain titillé par son intuition, léger picotement dans la nuque, le détective décida de faire appel à l'un des membres de l'association qui gère la toue.

Après en avoir trouvé l'adresse, il se rendit au siège situé près du château de Tours.
Il fut reçu par l'homme qui avait découvert le corps de la victime. Encore très ému par ce qui venait d'arriver à son capitaine, celui-ci accepta bien volontiers de visionner les photos que Rodan O'Brien voulait lui montrer.
Il se reconnut parfois sur les photos, il montra plusieurs fois son capitaine.

Photo 48, il demanda à O'Brien s'il pouvait l'agrandir.
— Regardez, ici, c'est Juliette Madeau, la femme de mon capitaine !

Photo 72, même demande.
« Là ! Vous la voyez à l'arrière de la toue. ...Mais ... C'est Jacques !

— Qui est Jacques ? demanda O'Brien.
— C'est le président de l'association, Jacques Heurt.
— Ils ont l'air très intimes tous les deux ! »

Jacques enlaçait Juliette.
L'homme était soudain très gêné :
« …Oui…Il y a bien des bruits qui courent mais je n'y prête pas attention. »

En visionnant la photo 77, O'Brien n'avait plus de doute sur l'évidente intimité de Juliette et Jacques !
Le détective appela aussitôt Paul Mornard.
« Paul, j'ai peut-être une autre piste. Je suis au siège de l'association qui gère la Touronne. »

Paul arriva en quelques minutes. O'Brien lui montra les photos.
« On peut le contacter comment votre président ?
— J'ai son téléphone … il habite près d'ici. »

Paul appela Jacques Heurt. Il lui demanda de se rendre immédiatement à son bureau de la Brigade criminelle.

*

Quand Paul Mornard arriva dans son service, accompagné de Rodan O'Brien, Jacques Heurt l'attendait déjà.
« Vous avez demandé à me voir ?
— Venez, j'ai quelques questions à vous poser. »

Paul montra les photos au président de l'association.
« Vous êtes l'amant de la femme du capitaine, n'est-ce pas ? Où étiez-vous entre une heure et six heures lundi ? »

Il était éperdument amoureux, Juliette Madeau aussi mais elle ne voulait pas quitter son capitaine de mari ! Il était venu sur la Touronne cet après-midi là pour tenter une dernière fois de convaincre Juliette, mais devant le refus résigné et définitif de sa maîtresse, il était allé finir la soirée au *Moon-bar*, établissement tenu par un ami, Pierre Martineau, place Plumereau.

Il lui avait fallu force whisky pour noyer sa peine.

Vers minuit, incapable de rentrer chez lui, il avait accepté de rester dormir chez son ami. Il s'était réveillé tard dans la matinée du lundi, Pierre pourrait le confirmer.

Ce que ce dernier fit bien volontiers aux policiers dépêchés rapidement au *Moon-bar*.

*

Paul Mornard proposa à Rodan O'Brien d'aller finir la soirée dans une petite brasserie du vieux Tours dont le patron était comme eux un passionné de jazz.

Des enceintes déversaient le flot mélodieux du saxophone de Sonny Rollins.

On y servait quelques unes des meilleures spécialités de la région.

La terrine de rillettes de Tours pour bien démarrer le repas, puis une magnifique andouillette à la ficelle de chez Hardouin servie avec des frites maison, et pour finir en beauté un Sainte-Maurede-Touraine parfaitement accompagné de poires tapées de Rivarennes préalablement réhydratées dans un vin rouge de Chinon !

Les deux compères dégustèrent tout cela dans un silence religieux, bercés par la voix mélancolique de Dee-Dee Bridgewater.

Ce n'est qu'avec le café que Paul Mornard reparla de l'enquête sur le meurtre de la toue cabanée.

« On est revenu au point de départ. La dette de jeu, l'amant jaloux, deux pistes qui n'ont rien donné.

— Je n'ai rien vu d'autre sur mes photos. Mais je peux les étudier à nouveau, on ne sait jamais, répondit O'Brien. »

*

De retour à son bureau, le commissaire fut aussitôt rejoint par son adjoint :
« On vient de recevoir le rapport du légiste et celui de la brigade scientifique. On a une info étrange ! »

Mornard prit rapidement connaissance des deux rapports.

Le médecin confirmait que la mort, intervenue vers 2 heures du matin, avait été provoquée par une seule balle tirée en plein crâne,
La Scientifique mentionnait un détail étrange qui avait intrigué ses enquêteurs : sous le talon de la chaussure droite du capitaine assassiné, une plume d'oiseau avait été collée.

« Une plume de pigeon volontairement collée à la colle forte »

Le rapport précisait que le collage avait sans aucun doute été fait après la mort du capitaine, quand le corps était déjà allongé sur le sol puisque la plume ne présentait aucune salissure.

Paul Mornard relut plusieurs fois les détails donnés par la Scientifique et décida qu'il devait en informer son ami Rodan.

Chapitre 2

Rodan O'Brien venait de sceller dans le sol le dernier poteau de l'appentis qu'il construisait à côté de la grange.
Depuis qu'il avait eu le coup de foudre pour cette longère tourangelle, il passait la plus grande partie de ses loisirs à la restaurer.
C'était presque une ruine quand il s'était arrêté dans ce coin de Touraine au hasard de ses pérégrinations rurales à la recherche d'un havre bucolique.
À St Martin des Forêts, la vie s'écoulait lentement comme s'écoulait nonchalant le ruisseau qui bordait la propriété de Rodan.
La petite bourgade de moins de 500 habitants, située dans le creux d'un joli vallon verdoyant, était un peu coupée du monde, délaissée par les opérateurs téléphoniques qui hésitaient à investir le coup d'installation d'une antenne relais pour si peu de clients potentiels.
Rodan O'Brien s'était donc posé là pour « y passer ses vieux jours » se plaisait-il à dire.
Son arrivée avait suscité bien des interrogations, bien des supputations, bien des regards soupçonneux.
Beaucoup de curiosité aussi : un américain qui s'installe dans ce hameau avait de quoi étonner.

Mais O'Brien avait su gagner la sympathie des habitants : la quasi ruine qu'il avait achetée méritait une rénovation totale et il avait eu l'heureuse opportunité de faire appel aux artisans locaux ainsi qu'aux bonnes volontés de quelques bricoleurs amateurs du cru.
Au fil des mois, des devis, des paiements et des coups à boire offerts sans compter chez Lucie, il avait vite été accepté par cette petite communauté.

Lucie était la patronne de l'unique commerce du village.
A la fois bar, restaurant, épicerie, bureau de tabac, c'était le lieu central et incontournable de la commune.
Lucie, c'était une figure locale !
Jeune femme d'une quarantaine d'années, elle avait repris ce commerce qu'elle faisait tourner seule, se démenant comme quatre pour sa clientèle.
Elle irradiait de son sourire permanent, montrant à toute heure un dynamisme joyeux pour répondre à toutes les sollicitations de ses nombreux habitués.
La boutique était aussi un dépôt pour le quotidien local et disposait d'un four dans lequel Lucie faisait cuire les baguettes de pain.
Le journal et le pain du matin étaient les premiers prétextes pour rendre visite à Lucie et partager les derniers potins.

Le village possédait une richesse historique : la fontaine miraculeuse de Sainte Colette.
Des touristes venaient parfois visiter cette source située au beau milieu du bourg. On avait entendu parler de ses pouvoirs qui auraient été attestés par des miraculées prétendant que son eau pouvait redonner la fécondité aux femmes stériles.

Quelques ex-voto y avaient été déposés en témoignage de leur reconnaissance.

Depuis quelques années, des nouveaux venus s'étaient installés dans la commune, des retraités qui avaient trouvé ici des vieilles bâtisses très bon marché. Les anciens les appelaient « les parisiens », même si tous ne venaient pas de Paris !

*

Rodan O'Brien était satisfait de son travail du jour : les poteaux de l'appentis étaient tous scellés. Il décida de s'accorder une pause méritée avant d'entreprendre la suite de la construction.
Il était un peu plus de 11 heures quand il arriva au bourg.
C'était inhabituel à ce moment de la journée de voir autant de monde devant le bar, cinq ou six personnes qui semblaient en grande discussion.
Son attention fut aussitôt attirée par les deux véhicules de la gendarmerie stationnés devant l'entrée de la fontaine de Sainte Colette.
À l'intérieur du bar, il reconnut le maire de la commune et quelques habitués.
Un gendarme bien connu de Rodan était installé à la table du fond, un ordinateur portable posé devant lui.
Lucie s'affairait derrière son comptoir.

« Bonjour Lucie.
— Bonjour Rodan. Un café ?
— Qu'est-ce qui se passe ?
— Tu n'es pas au courant ?
— De quoi ? Je viens juste d'arriver.

— La noyée de la source, c'est le garde-champêtre qui l'a découverte ce matin.
— On sait qui c'est ?
— Non, les gendarmes n'ont rien dit pour l'instant. »

Rodan O'Brien s'approcha de la table du fond.
« Bonjour Julien. »

Julien Loubel, brigadier chef, avait été affecté à la Gendarmerie du canton sept ans auparavant.
Il avait vite sympathisé avec ce presque collègue venu des États-Unis et il était fréquent que les deux acolytes se retrouvent chez Lucie autour d'un verre.

« Bonjour Rodan. Assieds-toi. »

O'Brien attendit que Lucie dépose son café sur la table et s'éloigne.
« Qu'est-ce qui se passe Julien ?
— Le garde-champêtre a fait son tour comme chaque matin et c'est lui qui a découvert un corps dans la fontaine.
— On sait qui c'est ?
— Non, pas encore, on attend la scientifique. C'est une femme apparemment. On n'a touché à rien évidemment.
— Mais elle ne s'est quand même pas noyée dans la fontaine ? Dans vingt centimètres d'eau ?
— Écoute Rodan, murmura le brigadier chef, ça reste entre nous pour le moment, on a demandé au garde-champêtre de ne rien dire… Il y avait du sang sur la margelle. »

O'Brien sentait dans son dos le poids des regards interrogateurs des clients et de Lucie.

« Merci Julien pour cette info. Si tu as du nouveau et que tu peux me le dire, tu sais où me trouver. »

Rodan O'Brien sortait du bar quand son mobile sonna.

« Salut Paul.
— Bonjour Rodan. Je te dérange ?
— Non. Je sors de chez Lucie. On vient de trouver un cadavre dans la fontaine du village et apparemment ce ne serait pas une mort naturelle !
— C'est la Gendarmerie qui s'en occupe ?
— Ils sont sur les lieux, ils attendent la Scientifique.
— Justement, Rodan, je voulais te parler du rapport de la Scientifique sur le meurtre de la toue cabanée. »

Paul Mornard informa son ami de la découverte pour le moins étrange de la plume de pigeon volontairement collée sous la chaussure du capitaine assassiné.

Rodan O'Brien adorait ces affaires où un détail incongru venait bousculer un peu la routine des enquêtes, notamment quand un assassin semblait vouloir adresser un message aux enquêteurs.

Chapitre 3

C'est une circonstance inattendue qui fit se croiser à nouveau leurs chemins.

Lycéens dans le même établissement de la ville de Tours, ils étaient sortis bacheliers de Paul-Louis Courier en 1979 et avaient ensuite opté pour des voies différentes : elle avait choisi la faculté de psychologie, il avait intégré celle d'histoire.

Les deux amis avaient fini par se perdre de vue.

Ce soir là, il patientait dans la longue file d'attente des cinémas Studio, l'institution culturelle incontournable de la rue des Ursulines. C'est dans ces salles qu'on pouvait voir une programmation originale de grande qualité loin des tapageuses affiches des complexes qui fleurissaient désormais dans toutes les grandes villes.
Il était né dans le vieux Tours mais dès son plus jeune âge il avait habité rue Colbert. Après l'école primaire à Anatole

France, il avait fait ses études secondaires au lycée Paul-Louis Courier, derrière la cathédrale St Gatien.

Le dimanche après-midi, les gamins du quartier se précipitaient tous au Myriam-Ciné pour y dévorer les films souvent en noir et blanc projetés dans l'unique salle.
Aujourd'hui les Studio disposaient de sept salles ultramodernes où les films étaient toujours diffusés dans leur version originale.

Elle était dans la file d'attente et se retourna pour voir si l'amie qu'elle attendait était arrivée.

Il croisa son regard. Elle le reconnut aussi.
« Mickaël ?
— Florence ?

Ils n'allaient pas voir le même film !
« Je t'attends au bar après la séance, lui dit Mickaël. Ça fait si longtemps ! »

*

Le film vu par Mickaël était un peu plus court.
Il s'installa à une table.
Une dizaine de minutes plus tard, il la vit entrer, un sourire éclatant illuminant son visage.
« Quelle coïncidence ! Ça fait tellement longtemps qu'on ne s'est pas vus !

— Depuis le bac ! précisa Florence.
— Tu avais quitté la région me semble-t-il ?
— Oui, j'ai fait une fac à Paris. J'y suis restée pour mon travail.
— Et tu es à Tours pour longtemps ?
— Non, je viens régulièrement voir mes parents qui habitent toujours ici. Et toi ?
Je suis prof d'histoire et je suis toujours fidèle à ma ville ! »

Mickaël lui proposa d'aller dîner place Plumereau, si elle était libre.
« Avec plaisir. J'attendais une amie mais apparemment elle aura eu un contretemps. »

En sortant du bar des Studio, ils remontèrent la rue de la porte Rouline, puis empruntèrent la rue du Général Meusnier. Petite rue en arc de cercle, encore pavée à l'ancienne, qui servait parfois de décor pour des tournages de film en costume.

Arrivés derrière la cathédrale, ils s'arrêtèrent pour un moment de nostalgie devant le portail du Lycée Paul-Louis Courier.
Mickaël, passionné par l'histoire de sa ville, commentait abondamment la promenade. Ils étaient rue de la Psalette.
« Tu te souviens de la maison du curé de Tours ? Balzac s'en est inspiré pour son roman. »
Puis ils se dirigèrent vers la rue Colbert qui devait leur permettre de rejoindre ensuite la rue du Commerce et la place Plumereau.

Florence adorait aussi l'Histoire et appréciait les anecdotes de son ami.

« Une des plus anciennes places de la ville, la place Foire-Le-Roi. Le lieu d'exécutions des condamnés au moyen-âge. Et là, tu te rappelles ? L'entrée du Cœur Navré ! »

Bien qu'elle connaisse déjà cet endroit, elle écouta avec plaisir Mickaël raconter encore une fois la légende.

C'est un passage d'un peu plus d'un mètre de large qui relie la rue Colbert à la place Foire-Le-Roi, les maisons y sont tellement proches qu'elles se rejoignent à hauteur des toits. Une enseigne ornée d'un cœur « navré » (transpercé) lui aurait donné son nom mais Mickaël comme beaucoup de Tourangeaux préférait une autre version : les condamnés à mort auraient emprunté ce passage pour être conduits au bûcher ou au supplice sur la place et en auraient eu le « cœur navré ».

« On y passe ? suggéra Mickaël. »

Ils s'engagèrent dans le passage dont la première partie est couverte. Arrivé au milieu, Mickaël montra le filet de ciel qu'on apercevait entre les toits dans cette partie où les maisons semblaient vouloir se toucher.

En levant les yeux Florence et Mickaël furent tétanisés de terreur. Au-dessus de leur tête, à la rambarde de la fenêtre la plus haute, un homme était pendu.

*

Le commissaire Paul Mornard arriva sur les lieux une demi-heure plus tard accompagné de son équipe et de la section scientifique.
Il leur fallut défoncer la porte du troisième étage pour atteindre la fenêtre donnant sur le passage du cœur navré.

Quelques meubles renversés témoignaient d'une lutte probable. Cependant, peu de désordre apparent dans l'appartement comme après un cambriolage.

La corde était solidement nouée à la rambarde.

L'équipe scientifique fit de nombreux clichés du salon puis du corps suspendu.

« Commissaire ? Venez voir ! »
Paul Mornard se pencha par la fenêtre : sur la joue gauche du pendu était collée une plume.

Le commissaire appela aussitôt le juge d'instruction.

« Monsieur le juge, la scientifique vient de découvrir un détail qui rappelle le meurtre de la toue cabanée.
— Quel détail ? demanda le juge.
— Une plume de pigeon collée sur une joue du pendu. Je crois qu'on n'a pas affaire à un suicide.
— Je le crois aussi. Je vais vous laisser l'enquête, commissaire. Les deux affaires semblent liées. »

*

Paul Mornard regagna son bureau.
Son adjoint semblait fébrile.
« Commissaire, on a un rapport de la scientifique de la Gendarmerie sur la noyée retrouvée à Saint Martin. Il y avait une plume de pigeon collée à son front. J'ai appelé le juge, il vous attend. »

Mornard se rendit aussitôt dans le bureau du juge.
« Bonjour Commissaire. Quand j'ai reçu le rapport de la Gendarmerie de Saint Martin, j'ai décidé de fusionner les enquêtes et de vous les confier, il semble qu'on a affaire à un même assassin qui nous envoie un message. »

*

Le commissaire appela son ami Rodan O'Brien.
« Rodan, je t'invite pour déjeuner demain à Tours. J'ai des informations qui vont t'intéresser ! »

O'Brien retrouva Mornard devant le commissariat central vers 12h30.
« Salut Rodan. J'ai réservé une table au Petit Patrimoine. »

O'Brien connaissait bien ce restaurant de la rue Colbert pour y être allé de nombreuses fois avec Paul Mornard.

Une jolie petite salle tout en longueur, un patron sympathique, une cuisine de qualité, tout ce qui plaisait aux deux compères qui en avaient fait leur adresse de prédilection.
Le patron les installa à leur table habituelle.
Après avoir fait leur commande, O'Brien interrogea Mornard.
« Alors Paul ? Tes informations ?
— Je crois qu'on a affaire à un tueur en série. Hier on a retrouvé un type pendu à deux pas d'ici, dans le passage du Cœur navré. Un certain Jean-Pierre Romans. Il avait une plume de pigeon collée sur la joue gauche.
— Une plume ? Comme le capitaine de la toue cabanée ?
— Oui, et ce n'est pas tout ! La noyée de la fontaine miraculeuse de ton village, elle aussi avait une plume collée au front. »
— On a son identité ?
— Elle s'appelle Hortense Mirellois. Tu la connais ?
— Un peu, oui. Elle habite une grande maison dans le centre bourg. Elle était partie à Paris à la fin de ses études mais elle est revenue il y a deux ou trois ans avec son mari. »

*

Il était près de 14h. Paul Mornard prit congé de son ami.
« Je rentre à mon bureau. Je te tiens au courant. »

Rodan O'Brien regagna son village en fin d'après-midi.
Comme à chaque nouvelle affaire à laquelle il était confronté, il prit soin de noter sur son carnet les éléments communiqués par son ami Mornard.

Trois meurtres, trois plumes !
Rodan avait souvent eu maille à partir avec des assassins en série lors de ses enquêtes. Il connaissait bien aussi ces petits malins qui laissaient des indices mystérieux pour jouer avec les policiers.

Chapitre 4

Il était un peu plus de 18h quand Rodan O'Brien arriva à Saint-Martin des Forêts.
Il s'arrêta chez Lucie. C'était l'heure où l'on croisait bon nombre des hommes du village faisant une petite halte apéro avant de rentrer chez eux.
Rodan aimait bien ce moment où chacun y allait de ses commentaires sur l'actualité, de ses potins sur les gens, quelques verres suffisant à délier bien des langues.

Évidemment la découverte de la noyée de la fontaine était ce soir-là le seul sujet des conversations.
Chacun avait son idée sur l'affaire et c'était l'occasion de satisfaire certaines vieilles rancunes en lançant à la vindicte communale des accusations à tout va.

Quand Julien Loubel entra, le silence se fit soudain.

Le gendarme avait fini son service, lui aussi aimait s'attarder chez Lucie pour y retrouver beaucoup de ses amis d'enfance. Longtemps en poste loin de son village, il y était revenu à la faveur d'une affectation quelques années auparavant.

Le premier à rompre le silence fut le garde-champêtre.
« Salut Julien. Quoi de neuf sur la noyée ? »
— On nous a dessaisis de l'affaire. Ce ne serait pas une noyade mais un meurtre.
— Un meurtre ? On en est sûr ? Chez nous ? »
Les questions fusaient. Tous les présents voulaient savoir.
Un meurtre à Saint Martin, c'était bien la première fois de mémoire de martinois !
Tout le monde savait désormais qui était la malheureuse victime.
Hortense Mirellois avait fréquenté l'école communale avant de finir ses études à Tours puis à Paris. Son retour avait d'abord laissé les habitants indifférents puis petit à petit, elle s'était attiré bien des animosités. Sa suffisance, l'étalage indécent de son argent, sa propension à vouloir acheter tout ce qui se vendait comme terre alentour, tout cela avait fini par agacer les gens du village.
Les commentaires n'étaient pas tendres.
« La Hortense, elle a peut-être bien cherché ce qui lui est arrivé !
— C'est vrai qu'elle n'était pas très aimée ici.

— On ne pouvait rien lui refuser à la parisienne, sinon elle se fâchait.

— Elle a voulu m'acheter ma grange. Depuis que j'ai dit non, elle ne me parle plus. »

Rodan O'Brien connaissait toutes ces histoires qui circulaient sans cesse sur les Mirellois. Mais comme ils avaient l'argent facile, ils pouvaient compter aussi quelques défenseurs. Et notamment les gens de la municipalité : à leur arrivée au village, les Mirellois avaient fait un don important à la commune pour qu'on rénove les abords de la fontaine miraculeuse (une plaque en témoignait près de l'entrée du monument qui les avaient rendus encore plus suffisants). Et la fontaine était redevenue un lieu de visite fréquenté.

Rodan s'adressa au gendarme Loubel.
« Tu entends Julien ? La Hortense n'avait pas que des amis ici. Les gens n'aiment pas ces nouveaux ruraux qui arrivent en terrain conquis parce qu'ils ont un peu d'argent. Ils pensent qu'ils peuvent tout acheter.

— Et quand ce n'est pas des plaintes parce que les coqs chantent dès le lever du soleil ou que les cloches de l'église sonnent trop tôt le matin.

— Ça va te faire beaucoup de suspects, Julien !

— Oh oui, Rodan. Mais l'enquête est désormais en charge de la police judiciaire de Tours. Je leur souhaite bien du courage pour tenter de délier les langues ici. »

Rodan O'Brien rentra chez lui vers 20h.
Il relut les notes qu'il avait prises sur les affaires.
Il décida d'appeler Paul Mornard.
« Bonsoir Paul. Encore au bureau ?
— Salut Rodan. On vient d'avoir un briefing sur les meurtres à la plume.
— Et vous avez du nouveau ?
— Pas grand chose. On sait maintenant que l'assassin a utilisé la même arme, un colt 45, que les plumes sont des plumes de pigeon qui ont été collées après les meurtres.
— Est-ce que les victimes ont un lien entre elles, est-ce qu'elles se connaissaient ?
— J'ai deux gars qui s'occupent des recherches sur leur passé. Je te tiendrai au courant. »

Chapitre 5

C'était bien la première fois que Jean-Louis Martinal était en retard. Les élèves de la première B attendaient bien sagement dans la classe leur professeur de français pour leur cours de 8h. Au bout d'un quart d'heure, le délégué de classe se résolut à aller prévenir le proviseur.
Ce dernier fut extrêmement surpris. Jamais Martinal n'avait manqué un cours sans avoir prévenu auparavant.
Il décrocha son téléphone, appela au domicile puis sur le mobile du professeur, sans réponse.

Jean-Louis Martinal était un professeur de français apprécié de ses collègues et de ses élèves. Il mettait une telle ferveur dans ses cours que certains même l'admiraient. Il avait une prédilection pour la poésie qui était depuis toujours sa passion.
Il écrivait lui-même depuis son adolescence et avait réussi à faire éditer deux recueils de poèmes. Quelques centaines avaient

été vendues par son éditeur via les librairies en ligne mais il aimait par-dessus tout participer à des salons pour les proposer directement aux éventuels futurs lecteurs. C'était pour lui l'occasion de rencontres toujours enrichissantes avec d'autres passionnés de poésie.

Le proviseur était aussi son ami. Sans nouvelles en fin de matinée, il décida de se rendre au domicile du professeur.

*

Jean-Louis Martinal habitait un appartement qu'il occupait seul. Sa femme était décédée depuis plusieurs années et il avait vendu sa trop grande maison pour s'acheter ce logement pas trop éloigné du centre ville et du lycée Paul-Louis Courier où il avait été nommé quinze ans auparavant.

Le proviseur sonna à l'interphone et après quelques secondes d'attente se résolut à entrer dans l'immeuble grâce à une voisine de Martinal qui consentit à lui permettre l'accès au hall d'entrée. Quand il arriva devant l'appartement du professeur, il fut surpris de voir la porte entrebâillée.
« Jean-Louis ? » répéta-t-il plusieurs fois.
Sans réponse, il décida d'entrer.
« Jean-Louis ? » appela-t-il encore en parcourant le logement.

Il s'arrêta net en pénétrant dans le salon.

Jean-Louis Martinal était assis dans un fauteuil, les bras ballants, yeux grand ouverts, un mince filet de sang descendant de son front pour finir sur le col de sa chemise.
Le proviseur appela aussitôt la police.

*

Les deux inspecteurs envoyés sur place eurent immédiatement la conviction qu'il ne s'agissait pas d'un suicide. Le professeur avait, semblait-t-il, été tué par une balle en pleine tête. La plume collée au milieu du front signait le crime.

Paul Mornard prit rapidement connaissance de leur rapport et se rendit chez le procureur pour faire le point sur ces affaires qui chaque jour occupaient une plus grande place dans les pages de la presse locale.

Après cet entretien, Mornard appela son ami détective.
« Bonjour Rodan. On a un nouveau mort à la plume !
— Tu peux m'en dire davantage ?
— Je peux passer chez toi ce soir ?
— Avec plaisir, je suis impatient d'entendre les détails de ce nouveau meurtre. »

Paul Mornard arriva chez Rodan O'Brien vers 20 heures.

Quelques rondelles de saucisson, un pot de rillettes de Tours, une bouteille d'épine faite maison, tout était prêt pour commencer la soirée par un intermède apéritif.
Les deux compères savouraient en silence ce moment convivial, tradition que l'ancien détective américain avait vite adoptée.

« Alors Paul ? Qu'est ce que tu as à me raconter sur cette nouvelle victime à la plume ?
— C'est un professeur de français. Il a été découvert ce matin par le proviseur du lycée où il enseigne qui s'était inquiété de son absence. Une balle dans la tête et une plume de pigeon collée sur le front ! La série continue !
— On sait quoi de sa vie personnelle ?
— Rien de plus banale. La soixantaine, veuf, il vivait dans un petit appartement en ville, il avait été nommé au lycée Paul-Louis Courier il y a une quinzaine d'années. Un type discret, poli et sans histoires comme disent ses voisins.
— Est-ce que vous avez trouvé quelque chose de commun entre ces meurtres ? demanda O'Brien.
— Pas encore, on est dessus ! Tu comprends bien que le procureur ne nous lâche pas avec tout ce qu'on lit dans la presse ! On commence à être harcelés par les médias nationaux ! Chacun y va de ses supputations et la plume laissée à chaque fois ne manque pas de les exciter ! répondit le commissaire.

— Tu pourrais me faire une fiche succincte sur chaque victime ? Je vais essayer de trouver un point commun entre elles s'il y en a un !
— Je te prépare ça au plus vite ! Promis Mornard, avant de prendre congé.

Chapitre 6

Rodan O'Brien aimait particulièrement marcher dans les petits chemins forestiers qui quadrillaient les bois environnants.
C'est cette nature foisonnante de la Touraine qui l'avait séduit autant que la douceur de vivre de ce coin de campagne, loin du grouillant brouhaha des grandes métropoles états-uniennes qu'il avait fuies quelques années auparavant.
Il avait pris l'habitude d'effectuer une balade matinale, autant pour goûter les paysages changeant au rythme des saisons que pour s'accorder un moment hors du temps propice à la réflexion.

Ce matin, il repensait aux meurtres. Il essayait de recouper les maigres informations qu'il possédait déjà en attendant les fiches que le commissaire Mornard pourrait lui fournir.
Il sentit son mobile vibrer dans sa poche, il le sortit. L'écran affichait « Paul ».

« Bonjour Paul. Encore un autre meurtre ?

— Bonjour Rodan. Je t'en prie, j'ai déjà assez de boulot comme ça ! Non, je t'appelle pour te dire que je t'ai préparé un topo sur chaque victime. Si tu veux passer à mon bureau…
— Super, j'étais justement en train d'y penser. Je viendrai en début d'après-midi. Merci Paul ! »

O'Brien arriva au commissariat vers 14h.
Il rejoignit Paul dans son bureau.
« Salut Rodan. Avec mon équipe, on a récapitulé toutes les infos qu'on détient à ce jour sur les victimes. Je te propose d'aller prendre un verre au *Longchamp*. »

Rodan connaissait ce bar qu'il fréquentait de temps en temps avec son ami.
Paul l'y avait emmené pour la première fois quelques années auparavant, au tout début de leur amicale relation.
L'établissement était situé dans le quartier du Sanitas, cité populaire construite à partir de 1958 sur l'emplacement d'anciens entrepôts et ateliers de la SNCF.
À la fois bar, tabac, presse, c'était un endroit convivial connu pour son ambiance chaleureuse.

Le patron se prénomme Mehmet.
Paul Mornard avait fait sa connaissance un peu par hasard à l'occasion d'une enquête qui l'avait conduit dans ce quartier. Ayant envie de boire un café, il était entré là.

Il avait tout de suite remarqué la gentillesse avec laquelle Mehmet accueillait chaque nouvel arrivant.
« Bonjour. Qu'est ce que je vous sers ? Demanda-t-il à Paul.
— Un café s'il vous plaît.
— C'est parti !
Paul chercha dans son porte-monnaie.
« Je vous dois combien ?
— Un euro soixante ! répondit Mehmet.
Paul compta ses quelques pièces.
« Désolé, je n'ai qu'un euro trente en monnaie, j'ai un billet de 20…
— Gardez votre billet, donnez moi un euro trente, ça ira comme ça. »
C'était bien la première fois qu'on lui disait ça ! Paul en avait été tout ému autant que gêné.
— Je vous en offre un autre ? ajouta Mehmet.
Il avait ainsi définitivement acquis la reconnaissance de Paul qui allait revenir souvent au *Longchamp*.

Les deux compères entrèrent dans le bar. Calme début d'après-midi, il était quasiment vide, deux fumeurs occupant la terrasse.
Ils s'installèrent sur une table au fond de la salle.
Mehmet leur apporta aussitôt deux cafés.
Paul sortit quelques feuillets de la sacoche qu'il avait apportée.
« Voilà, on a essayé de regrouper les infos sur les victimes. Je t'en ai fait une copie. J'espère que tu pourras trouver quelque

chose, parce que pour l'instant on n'avance pas beaucoup, le procureur s'impatiente, il a la presse sur le dos ! »

Rodan prit les copies que lui tendait Paul.
« Je vais regarder ça. Je t'appelle ce soir pour faire le point. »

Chapitre 7

Rodan O'Brien s'installa dans son canapé et posa sur la table basse devant lui les feuilles confiées par le commissaire Mornard.
Quatre victimes, quatre fiches numérotées.
Rodan prit la première.

- *Claude Madeau.*
Né en 1959 à Tours.
Habite dans le quartier Lamartine de Tours.
A fréquenté le lycée Paul-Louis Courier jusqu'au bac.
S'est engagé dans la Marine Nationale en 78.
A effectué 25 ans de service.
En 2003, est entré à la mairie de Tours au service culturel jusqu'en 2019.
Membre de l'association « La Touronne », il était devenu le capitaine de la toue cabanée.
Un homme gentil, serviable, sans histoires.

- Hortense Mirellois.
Née en 1961 à St Martin des forêts
A fait ses études au Lycée Notre-Dame la Riche.
Après le bac, école normale d'institutrice à Paris.
A enseigné dans différentes écoles primaires de la région parisienne.
A pris sa retraite en 2020.
Est revenue vivre à St Martin-des-forêts avec son mari (a fait construire une très grande maison avec piscine)
Pas très bien appréciée des habitants (hautaine, m'a-tout-vu, argent facile qui achète tout).

- Jean Romans.
Né en 1960 à Casablanca.
Est arrivé en France en 1961 avec ses parents.
A fait des études de chaudronnier.
A travaillé 39 ans dans la même entreprise tourangelle.
Habitait dans le passage du cœur navré quartier Colbert depuis une vingtaine d'années.
Célibataire.
Les voisins le décrivent comme quelqu'un de discret et poli.

- Jean-Louis Martinal.
Né en 1962 à Vouvray.
A obtenu son bac en 1979, ensuite fac de lettres à Tours.

Capes, professeur de français.
En poste à Paul-Louis Courier depuis 2007.
Veuf depuis 7 ans.
Habite un appartement dans le quartier Beaujardin de Tours.

Rodan O'Brien relisait les fiches.
Maigres renseignements, rien de plus banal, aucun point commun n'apparaissait à la première lecture.

Chapitre 8

L'homme était installé à son bureau, devant son ordinateur.
Il faisait ses recherches sur internet à partir d'une liste de noms qu'il avait épinglée sur le mur, face à lui.
Neuf noms.
Les quatre premières lignes rayées.
Le suivant sur la liste : Gérard Bleumet

L'homme ouvrit l'application Facebook et tapa le nom dans l'espace recherche.
Beaucoup de Bleumet. Trois avec le bon prénom.
Il cliqua sur le premier profil. Les photos présentaient un homme d'une cinquantaine d'années. Trop jeune !
En consultant les informations disponibles, (certains utilisateurs dévoilaient tant de détails plus ou moins intimes sur leur vie passée et actuelle), il put constater que ce n'était effectivement pas celui qu'il espérait.

Deuxième profil : même problème de non cohérence avec ce qu'il savait de « son » Gérard Bleumet.
Troisième personne : pas le bon non plus. Trop vieux ! Le sien devait être né en 1962.

L'homme ferma Facebook et ouvrit un nouveau site : « *Copains d'avant* ». Il avait dû s'y abonner pour avoir accès aux informations des utilisateurs.
Il entra à nouveau le nom. Aucun résultat. Il se connecta à « *Trombi* ». En vain.

Il ouvrit Google, tapa « Gérard Bleumet ».
Une page de photos apparut. Des dizaines de visages.
Bien qu'il ne reconnaisse personne de prime abord, il cliqua sur plusieurs des photos qui pouvaient correspondre à celui qu'il recherchait. Chaque clic renvoyait à des tas de sites, des associations, des blogs, des pages Wikipédia, des articles de presse.

C'est un reportage paru dans la Nouvelle République, le quotidien local, qui l'intéressa soudain. On y parlait d'un natif de l'agglomération tourangelle qui avait brillé aux championnats de France de pétanque. L'article datait de quelques années et relatait la valeureuse participation de Gérard Bleumet à cette compétition nationale de doublettes où il avait terminé deuxième avec son co-équipier.

La photo de l'équipe locale dont il faisait partie accompagnait le compte rendu du journaliste.

L'homme reconnut sans peine celui qu'il espérait trouver.
Il avait vieilli, certes, mais c'était bien lui. Et l'"article le confirmait : « Gérard Bleumet, né en 1962 à Saint-Avertin... ».

L'homme observa attentivement la photo. Les deux membres de la doublette portaient le même maillot sur lequel on pouvait lire le nom de leur club de pétanque.

Aussitôt, l'homme interrogea Google. En quelques secondes il en obtint une adresse Internet. Le club publiait un blog alimenté régulièrement par les exploits de ses membres et par des informations sur les événements passés et à venir.
L'homme apprit ainsi que les joueurs s'entraînaient deux fois par semaine sur des terrains aménagés au bord du Cher.
Une permanence se tenait tous les vendredis soir au siège du club de 17h à 20h. Le blog indiquait le numéro de téléphone qu'on pouvait appeler pour tous renseignements.

Le vendredi suivant vers 17h30, l'homme composa le numéro. Prétextant un reportage à venir dans le journal municipal sur les exploits du club, il obtint rapidement l'adresse de Gérard Bleumet.

Chapitre 9

Gérard Bleumet ne manquait presque jamais un entraînement et les rares fois où cela était arrivé, il avait toujours prévenu ses collègues boulistes.
Aussi, ceux-ci s'étonnaient-ils de son retard inhabituel. Malgré tout, les équipes furent constituées et les parties s'engagèrent.
Plus de deux heures plus tard, quand tous eurent terminé, ils se regroupèrent autour de la petite cabane en bois qui leur servait de réserve.
On avait sorti une table pliante sur laquelle on posa quelques verres et la traditionnelle bouteille de rosé de Loire.
Pendant ce moment de convivialité, les conversations tournaient sur l'absence de Gérard.
Chacun s'en étonnait.
« On devrait peut-être aller voir chez lui, suggéra l'un d'entre eux.
— Tu as raison, je vais passer en rentrant, répondit Pierre, le trésorier de l'association.

L'épouse de Gérard Bleumet était infirmière, elle finissait tard son service au CHU.

Quand Pierre arriva devant le pavillon, il constata la présence de la voiture de Gérard. Il sonna plusieurs fois, sans succès. Inquiet, il poussa le portillon et frappa fortement à la porte d'entrée. Puis il contourna la maison pour aller jusqu'à la terrasse à l'arrière.

La grande baie vitrée était ouverte.

« Gérard ? Appela-t-il plusieurs fois.

Sans réponse, il pénétra dans le salon.

Il appela encore son collègue.

Il avança dans la pièce jusqu'à la cuisine qui s'ouvrait sur la grande salle à manger.

C'est là qu'il le vit. Allongé sur le ventre.

Gérard Bleumet gisait étendu sur le sol, une large flaque de sang entourait sa tête.

Pierre saisit son téléphone mobile et composa le 17.

Chapitre 10

Paul Mornard était à son bureau de la Police judiciaire quand un de ses adjoints le prévint.
« Paul, on vient de nous signaler un meurtre à Saint Avertin.
— On en sait quoi ?
— Un gars a appelé le 17 pour dire qu'il venait de découvrir le cadavre d'un ami. On a dépêché une équipe. On attend les premières constatations.

Moins de 15 minutes plus tard, l'un des policiers envoyés sur place appela Mornard.
« Commissaire ? On est sur les lieux. On a trouvé le gars allongé dans sa cuisine, baignant dans une mare de sang. Apparemment tué d'une balle dans la tête. La victime a une plume de pigeon collée dans le dos.
— J'arrive ! dit le commissaire avant de raccrocher précipitamment. »

Il rassembla son équipe et prit la direction de la maison du crime.
Dans la voiture qui fonçait gyrophare et klaxon actionnés, Paul Mornard composa un texto sur son téléphone.
« Salut Rodan. Nouveau meurtre à la plume. Je t'appelle dès que je suis sur place. »

En arrivant au domicile de Gérard Bleumet, Paul Mornard retrouva la brigade scientifique et le médecin légiste. Le procureur était là aussi !
« Bonjour Commissaire. C'est le cinquième ! Où en êtes-vous dans votre enquête ?
— On avance, monsieur le procureur, on avance …
— Avez-vous trouvé des points communs entre toutes ces victimes ?
— Mon équipe est dessus. Ça ne devrait pas tarder !

Mornard état un peu agacé par la présence du procureur et par ses questions auxquelles il ne pouvait donner de réponse pour l'instant. Il était bien conscient que le procureur devait être lui aussi pressé par sa hiérarchie et qu'il devait en plus gérer la presse avide d'informations.
Les meurtres faisaient désormais la une des grands quotidiens nationaux et le bonheur des chaînes d'info en continu.

Mornard prit connaissance des informations recueillies par ses collègues. Bleumet est marié, sa femme est infirmière au CHU de Tours, elle a été contactée.

Madame Bleumet arriva quelques instants plus tard.
Le corps de son mari était désormais recouvert d'un drap blanc.
Il fallut la faire asseoir. Elle était évidemment effondrée.
« Que s'est-il passé ? demanda-t-elle entre deux sanglots.
— C'est bien un assassinat, répondit le commissaire. Pour l'instant on a peu d'éléments. Vous avez sûrement lu ou entendu parler de l'affaire des meurtres à la plume ? Nous pensons que votre mari en est une nouvelle victime.
— Pourquoi mon mari ? C'est un homme si gentil, sans histoire…
— On va vous poser quelques questions, ça nous aidera peut-être à trouver un lien entre toutes ces affaires.

Auprès de madame Bleumet, l'équipe put compléter leurs informations sur la victime.
« C'est un retraité de la SNCF. Il était contrôleur sur les grandes lignes. Il est né à Saint Avertin en 1962. École primaire et collège ici, puis lycée professionnel à Grandmont. C'est un champion de pétanque, il a gagné de nombreuses compétitions. Il fait partie du club local.»

Madame Bleumet ne connaissait aucun ennemi à son mari et rien ne permettait de supposer que quelqu'un lui en veuille au point de l'assassiner.

« Je vous laisse mon numéro, dit Mornard. Vous pouvez m'appeler si un détail vous revient. »

Paul Mornard quitta les lieux pour rejoindre son bureau.
Dès son arrivée, il appela son ami Rodan O'Brien.
Il l'informa de la découverte de ce nouveau meurtre et lui fit part des quelques éléments déjà recueillis sur la victime.

Chapitre 11

Jacques Guindard, comme chaque matin, sortit de chez lui pour aller chercher son quotidien au bar-pmu situé à quelques centaines de mètres.
Depuis quelques temps, il était soucieux. Lui d'ordinaire si jovial affichait une mine renfrognée. Les habitués du bar s'en étaient rendu compte et n'avaient pas manqué de lui poser des questions.

Jacques s'assit à une table, le patron lui apporta un café et le journal du jour.
Dans le bar les conversations allaient bon train, l'unique sujet était cette nouvelle victime du « tueur à la plume », comme on l'appelait désormais dans la presse.

Jacques lut le titre de la une. « Un cinquième meurtre à la plume »
Il ouvrit son journal en page 2, entièrement consacrée à l'affaire.

Il parcourut fébrilement les articles, trouva rapidement le nom de la cinquième victime.

« Gérard Bleumet ! Se dit-il tout bas. Est-ce possible ? »

Il avala d'un trait son café, régla sa consommation et sortit précipitamment.

Jacques Guindard habitait un petit pavillon près de la place Rabelais à Tours. Il était né à Tours et avait suivi ses études secondaires au lycée Descartes jusqu'au bac. Il fit toute sa carrière à la Caisse d'épargne, finissant directeur commercial.

A la retraite depuis quelques années, il avait pu enfin assouvir sa passion de la voile en intégrant le club nautique de Joué-Les-Tours.

Devenu un excellent compétiteur, il participait très régulièrement aux régates avec un habitable qu'il avait acquis et retapé petit à petit.

Il rentra chez lui. Son épouse lui trouva un air étrange.

« Qu'est-ce qu'il se passe Jacques ? Le questionna-t-elle aussitôt.

— Rien, rien…répondit-il évasivement. »

Il entra dans son bureau aménagé dans une des chambres du pavillon.

Il rouvrit son journal, relut plusieurs fois l'article consacré au nouveau meurtre.

Le nom du commissaire Paul Mornard y était mentionné.

Il hésita longuement puis se décida à appeler. Il chercha le numéro du commissariat sur son ordinateur.

« Police nationale, bonjour. Je vous écoute.
— Bonjour. J'aimerais parler au commissaire Mornard.
— C'est à quel sujet ?
— C'est à propos des meurtres à la plume. Je connais bien la dernière victime.
— Votre nom s'il vous plaît ?
— Jacques Guindard.
— Veuillez patienter, merci. »

Après avoir attendu plusieurs minutes, lassé de la musique diffusée, Jacques raccrocha.

*

Paul Mornard arriva au siège de la Police judiciaire vers 11h.
« Commissaire ! L'interpella le policier qui gérait le standard. On a eu un appel pour vous vers 9h. Un gars qui disait connaître la dernière victime.
— Qu'est-ce qu'il vous a dit ?
— Rien, il a rapidement raccroché.
— Vous avez son nom ? Demanda Mornard.
— Son nom et son numéro de téléphone !

Le commissaire récupéra la note contenant les informations et rejoignit son bureau.

Il appela son adjoint.

— Trouve-moi l'adresse de ce gars, un certain Jacques Guindard. Dit-il en lui donnant la note.

Quelques clics sur son ordinateur suffirent à l'adjoint pour récupérer les données nécessaires.
— Super ! On y va maintenant.

Il ne leur fallut pas plus de dix minutes pour se rendre au domicile de Jacques Guindard.
C'est son épouse qui ouvrit la porte du pavillon.
« Bonjour. Qu'est-ce qu'il se passe ? Demanda-t-elle étonnée et inquiète en apercevant le gyrophare bleu de la voiture banalisée garée devant le portail.
— Bonjour madame. Commissaire Mornard. J'aimerais voir votre mari.
— Il est absent. Pourquoi vous voulez le voir ?
— Votre mari a appelé le commissariat ce matin. On voudrait savoir ce qu'il souhaitait nous dire. Vous savez où il est ?
— Il est parti à son club de voile. »

Après avoir vainement patienté au téléphone pour joindre la police, Jacques Guindard avait pris sa voiture pour se rendre, comme presque tous les jours, au centre nautique de Joué-les-Tours.
Il y avait toujours quelque chose à faire sur son Edel 2, un petit bateau habitable qu'il bichonnait amoureusement. Il participait

régulièrement à des régates dans la région avec un coéquipier retraité comme lui. Ils étaient devenus de redoutables adversaires pour les autres équipages.

Ce matin, Jacques Guindard avait prévu de repeindre la carène en dessous de la ligne de flottaison. Le ponçage était terminé. Il lui fallait maintenant préparer sa peinture.
Il ouvrit le hangar et s'affaira un moment avant qu'une voix retentisse derrière lui.
« Bonjour Jacques.
Jacques Guindard sursauta, surpris de ne pas avoir entendu quelqu'un s'approcher.
Il se retourna et observa l'inconnu.
« Bonjour…Répondit-il, étonné d'être appelé par son prénom. On se connaît ?
— Oui, on se connaît. »

Chapitre 12

Le commissaire Mornard et son équipe arrivèrent au centre nautique un peu avant midi.
Ils garèrent la voiture devant le ponton.
Quelques voiliers y étaient solidement amarrés.
Le lac semblait d'huile, seulement parsemé de quelques mouettes en quête de nourriture.

Mornard et ses hommes se dirigèrent vers le hangar dont la porte était grande ouverte.
Affalé sur les pots de peinture, le corps de Jacques Guindard gisait inerte.
« On ne touche à rien, on appelle la Scientifique.
— Vous avez vu, commissaire ?
Toute l'équipe avait vu !
Sur le front de la victime, un minuscule trou ensanglanté sans doute causé par une balle.
Et collée juste à côté, une plume.

Mornard appela aussitôt le procureur.

« On a une sixième victime. »

Le commissaire fit un rapide rapport de la matinée, la visite au domicile de Jacques Guindard, la découverte du corps au centre nautique.

— On a dû rater l'assassin de très peu ce matin. Je rentre au bureau, on va reprendre les fiches des victimes.

— J'espère que vous aurez vite quelque chose, je suis sous pression, la presse, ma hiérarchie... Répondit le procureur.

Mornard revint chez madame Guindard.

Elle s'effondra en larmes quand le commissaire l'informa de la découverte du corps de son mari au club de voile.

« Si vous avez des éléments qui vous reviennent, n'hésitez pas à nous appeler, je vous laisse mon numéro. »

Avec son équipe, il regagna son bureau de la Criminelle.

*

Mornard parcourait les feuillets du dossier cherchant des éléments qui pourraient suggérer un lien entre tous ces morts quand son téléphone personnel sonna.

« Commissaire Mornard.

— Commissaire ? Je suis madame Guindard. Je peux vous parler ?

— Je vous écoute.

— Après votre départ, j'ai trouvé le journal que mon mari allait chercher chaque matin. Il était resté grand ouvert sur son bureau à la page qui parlait du crime de Saint-Avertin…
— Et alors ? S'impatienta le commissaire
— J'ai lu l'article et j'ai vu le nom de la victime. Gérard Bleumet. Je le connais un peu. C'était un ami de mon mari !
Le commissaire en resta le souffle coupé : enfin un lien semblait exister entre deux victimes. C'était inespéré.
— J'arrive, madame Guindard. »

*

Paul Mornard décrocha son téléphone.
« Salut Rodan. Je te dérange ?
— Bonjour Paul. J'étais en train de jardiner.
— On a découvert une sixième victime du tueur à la plume. Et on a peut-être un élément nouveau. Son épouse vient de m'appeler. Je vais la voir. Elle habite à Tours. Si tu as un moment, tu peux me rejoindre. Je t'envoie l'adresse par texto.
— J'y serai dans 20 minutes. »

Paul Mornard arriva le premier au domicile de Guindard.
Rodan O'Brien avait fait aussi vite qu'il le pouvait, il fut là quelques minutes plus tard.
Avant d'entrer, Paul fit un rapide résumé des derniers évènements.

« Ce matin, Jacques Guindard a essayé de nous joindre par téléphone, il disait avoir des informations sur le meurtre de Bleumet. On n'en a été averti qu'en fin de matinée. On s'est aussitôt rendu chez ce Jacques Guindard. Il était parti à son club de voile. Evidemment on y a foncé mais c'était trop tard. Il était déjà mort.
— Et qu'est ce qu'on fait là ? Demanda O'Brien.
— Je te l'ai dit, madame Guindard a appelé tout à l'heure. Son mari et Bleumet seraient amis ! On tient peut-être une piste ! S'enthousiasma le commissaire. On y va. »

Madame Guindard les fit entrer au salon.
Devant son regard interrogateur, Paul Mornard désigna Rodan.
— Je vous présente un ami, monsieur O'Brien a été détective. Si vous voulez bien nous en dire plus sur les relations de votre mari avec Gérard Bleumet.
Madame Guindard essuya une nouvelle fois ses yeux rougis.
« Gérard est un ami d'enfance de Jacques. Ils ont été à l'école ensemble. Ils se voyaient souvent. On est même partis plusieurs fois en vacances ensemble. Quand j'ai vu le journal tout à l'heure avec le nom de Bleumet, sur le bureau de mon mari, j'ai eu un choc. Pourquoi eux ? Dit-elle en larmes.
— Vous pouvez nous montrer son bureau ? Demanda O'Brien. »
Madame Guindard les mena jusqu'à une petite pièce.

— Voilà, je n'ai rien touché. C'était une chambre quand les enfants vivaient encore à la maison. »

Rodan et Paul se penchèrent sur le bureau pour faire un minutieux inventaire : le journal du jour ouvert à la page 2, marquée de deux traits de stylo qui entourait deux noms, celui de Bleumet et celui du commissaire, et quelques photos.

« Ce sont des photos de classe de votre mari ? Demanda O'Brien en se penchant pour les regarder attentivement ?

— Ils ont été plusieurs fois dans la même classe. Jacques aimait bien revoir ces photos. Répondit madame Guindard, submergée par l'émotion. Là, c'est mon mari, dit-elle en désignant un élève sur chacune des photos.

Une ardoise posée devant les élèves du premier rang indiquait l'année et la classe. Trois photos. « 1967-68-CE1 », « 1969-70-CM1 », « 1970-71-CM2 ».

— Et celle-ci ? Questionna Paul Mornard en la lui montrant.

Madame Guindard prit la photo dans ses mains, l'observa un long moment.

— Ah ! je me souviens. C'est l'année où Jacques est allé en colonie de vacances. À Longeville sur mer.

O'Brien prit la photo et la retourna. Une année y était inscrite : 1973.

— Jacques est là, au deuxième rang. Ajouta madame Guindard.

— Et vous reconnaissez quelqu'un d'autre ?

— Oh non, je sais juste que son ami Bleumet y était avec lui.

— Vous permettez qu'on vous emprunte ces photos ? Demanda le commissaire.

Madame Guindard accepta avec empressement.

Mornard et O'Brien prirent congé.

*

« Je t'offre un café ? Lança le policier.

— Avec plaisir. »

— Tu me suis, on s'arrête au Faisan »

O'Brien connaissait bien ce bar situé dans le centre bourg de Saint-Avertin. C'était encore une des bonnes adresses que son ami Mornard lui avait fait découvrir.

Ils se garèrent tous les deux sur la place de la mairie.

Le Faisan était à la fois un hôtel, un restaurant et un bar.

Les deux amis y déjeunaient quelquefois, et à l'occasion y prenaient un café ensemble.

Ils s'installèrent sous la grande véranda.

Pascal, le patron, un grand gaillard sympathique, plein d'humour mais très pince-sans-rire, leur apporta les cafés.

« On peut regarder les photos ? Demanda O'Brien.

Paul Mornard étala les photos récupérées chez madame Guindard.

Rodan O'Brien les observa une à une mais rien de plus banal qu'une photo de classe. Les élèves placés sur trois rangs, l'instituteur debout sur le côté. Et devant, une ardoise sur laquelle figurait le nom de l'école, la classe et l'année scolaire.

« Tu pourras m'en faire des copies ? Demanda-t-il à son ami Mornard.

— Bien sûr. Je te les envoie par mail ce soir. »

O'Brien regagna son havre de tranquillité, comme il se plaisait à désigner la maison qu'il habitait à Saint-Martin.

Dans la soirée, il reçut le courriel du commissaire avec en pièces jointes les quatre photos confiées par madame Guindard.

Il les imprima aussitôt.

Chapitre 13

Tôt le lendemain matin, Rodan O'Brien ouvrit son ordinateur pour consulter les pages jaunes.
Il trouva très rapidement le numéro de téléphone de l'école primaire mentionnée sur les trois premières photos.
Il appela aussitôt l'établissement et demanda s'il était possible de retrouver le nom des enfants l'ayant fréquenté plusieurs années auparavant.
« Nous conservons tout cela dans nos archives, lui répondit une interlocutrice avec beaucoup de gentillesse.
— Je suis détective, précisa O'Brien, et j'aurais besoin de la liste des élèves dont je pourrai vous préciser la classe et l'année. »
Rodan obtint un rendez-vous pour l'après-midi même.

Il ressentit une excitation à l'idée qu'il était peut-être sur un premier élément de piste. Il voulait partager ce sentiment avec son ami Paul Mornard.

« Allo, Paul ! Je vais cet après-midi à l'école Anatole France à Tours. J'aimerais bien récupérer les noms des élèves qui figurent sur les photos de classe. Tu viens avec moi ?
— Bien sûr ! Passe me prendre à la criminelle, répondit le commissaire. »

O'Brien rejoignit son ami Paul et tous deux se rendirent à l'école.
Ils furent reçus chaleureusement par le directeur.
« Nous enquêtons sur les meurtres à la plume, commença le commissaire en présentant sa carte de police.
— Quelle histoire ! s'exclama le directeur.
— Voici monsieur O'Brien, un ami détective, dit Mornard en présentant Rodan.
— Je suis à votre entière disposition, ajouta le directeur, tout excité à l'idée de pouvoir participer pour la première fois à une enquête policière. »
Et quelle enquête ! Toute la France commençait à suivre l'affaire.
« Nous avons ces quelques photos de classe des années soixante soixante-dix et nous voudrions récupérer les noms des élèves y figurant, dit le commissaire en montrant les clichés.
— Rien de plus facile, répondit le directeur. Je vais chercher dans nos archives, ça ne sera pas très long.
Il appela sa secrétaire et lui confia les trois photos.

Quelques minutes plus tard, la secrétaire revint avec plusieurs dossiers dans les mains.

— Voilà, monsieur le directeur, dit-elle en déposant trois chemises cartonnées sur son bureau.

— Pour chaque année scolaire, nous possédons la liste des élèves, reprit le directeur.

— Pouvez-vous nous en fournir une copie ? demanda Rodan O'Brien.

— Bien sûr, je vous fais ça tout de suite.

Le directeur sortit de chaque dossier une feuille sur laquelle figurait une liste de noms avec les dates de naissance et l'adresse des élèves. Il en fit aussitôt les copies qu'il remit à Paul Mornard.

— J'espère que cela va faire avancer votre enquête.

Le commissaire et O'Brien prirent rapidement congé.

Chapitre 14

Paul Mornard rejoignit son bureau accompagné de son ami Rodan O'Brien.
Ils entreprirent aussitôt d'étudier les listes d'élèves récupérées à l'école primaire.
Sur le grand tableau que les enquêteurs avaient disposé dans le bureau figurait le nom de chaque victime.
Paul et Rodan cherchaient dans les trois listes la présence d'un de ces noms.
Ils trouvèrent rapidement les noms de Bleumet, le bouliste et de Guindard, le voileux. Les deux dernières victimes avaient fréquenté les trois mêmes classes et figuraient dans les trois listes. Mais aucun autre nom de victimes.
O'Brien obtint une copie de ces trois listes et quitta le siège de la police criminelle.

En rentrant chez lui, le détective regarda à nouveau les photos. Il se souvint de l'enfant désigné par madame Guindard.

« Il faudrait pouvoir associer chaque nom de la liste à chaque élève, pensa-t-il. Et puis rechercher au-delà de ces trois photos »

Il décida de rappeler le directeur de l'école.
Celui-ci était trop content d'entendre à nouveau O'Brien, il se sentait désormais associé à l'enquête.
« Pourriez-vous vérifier si une ou plusieurs des victimes ont fréquenté votre école en dehors des 2 déjà connues ?
— Bien sûr monsieur O'Brien, nous avons informatisé toutes nos archives et si d'autres victimes ont été nos élèves, je pourrai vous le dire rapidement. Donnez-moi quelques heures.
— Parfait ! Je vous envoie la liste par mail. Je passe vous voir demain matin. »

*

Rodan se présenta à l'école primaire dès neuf heures.
Le directeur l'accueillit avec enthousiasme.
« Bonjour monsieur O'Brien. Je crois que nous avons bien travaillé ma secrétaire et moi ! Nous avons retrouvé quelques noms d'anciens élèves mais pas tous ceux de la liste que vous m'avez envoyée.
— Voyons ça, dit le détective en prenant la feuille que lui tendait le directeur.
— Avec Gérard Bleumet et Jacques Guindard dont vous m'avez montré les photos hier, nous avons deux autres noms de victimes. Jean Romans et Claude Nadeau. Nous n'avons trouvé ni Jean-Louis Martinal ni Hortense Mirellois. »

En face du nom des anciens élèves, le document indiquait les années de présence de chacun d'entre eux à l'école.
Rodan O'Brien remercia chaleureusement le directeur.

Aussitôt sorti, le détective contacta son ami Paul Mornard pour l'avertir de sa venue à la Police judiciaire.
« Bonjour Paul. J'arrive de l'école Anatole-France. J'avais recontacté le directeur hier pour avoir des renseignements supplémentaires sur les anciens élèves. Voilà ce que j'ai récupéré comme info : On savait déjà que le bouliste Gérard Bleumet et le voileux Jacques Guindard ont fréquenté l'école en même temps de 1968 à 1972. Le directeur a retrouvé également la présence de Jean Romans, le pendu du cœur navré, de 1966 à 1970, et celle de Claude Nadeau, le capitaine de la Touronne de 1965 à 1969.
— Ce qui fait quatre victimes qui ont été plus ou moins ensemble dans cette école, ajouta le commissaire. On va essayer de savoir où les autres victimes ont effectué leur scolarité. »

*

Rodan O'Brien était revenu chez lui quand le commissaire Paul Mornard l'appela.
« On a fait les recherches et on sait maintenant où les deux autres victimes ont été scolarisées : Hortense Mirellois, assassinée dans la fontaine, était à l'école dans sa commune, à Saint

Martin des forêts, le professeur Jean-Louis Martinal à Vouvray, là où il est né.

— L'école est peut-être une simple coïncidence alors, déclara un O'Brien visiblement très déçu.

— Peut-être, renchérit Paul Mornard lui aussi déconcerté. »

Rodan O'Brien regardait à nouveau les quatre photos que madame Guindard, l'épouse du voileux, avait trouvées sur le bureau de son mari.

Les trois photos de classe avaient permis de trouver un lien entre certaines victimes mais pas pour toutes.

La quatrième photo, en noir et blanc elle aussi, représentait un groupe d'enfants pendant une colonie de vacances.

Une vingtaine de garçons, placés sur deux rangs, tous vêtus d'une chemisette claire et d'un short. De chaque côté du groupe, deux jeunes adultes, les moniteurs. Devant le premier rang, une ardoise sur laquelle on pouvait lire « Longeville 1973 ».

O'Brien entreprit de faire des recherches sur son ordinateur.

Il apprit rapidement que la colonie existait toujours, organisée par le Conseil départemental.

Il décida d'appeler son ami Paul Mornard.

« Bonjour Paul, est-ce que tu serais disponible cet après-midi ? J'ai envie de creuser une autre piste mais j'ai besoin de toi pour rencontrer les services du Conseil départemental. Je ne suis pas sûr qu'ils acceptent facilement de répondre à un ex-détective américain !

— Passe à mon bureau après déjeuner, on ira ensemble. »

À 14h, Rodan O'Brien monta dans la voiture de Paul qui les conduisit jusqu'au siège du Conseil départemental.
La carte de police du commissaire leur servit bien sûr de sésame pour obtenir aussitôt un entretien avec la responsable du service colonies de vacances.
La jeune femme dynamique qui les reçut écouta avec intérêt les deux enquêteurs.
« Nous avons besoin de connaître le nom des enfants qui ont participé à une colonie en 1973 à Longeville.
— Pas de problème, répondit leur interlocutrice, il me faut juste un peu de temps pour faire les recherches dans nos archives. Je peux vous trouver les infos pour demain.
— C'est parfait, je vous laisse ma carte, vous pouvez m'envoyer la liste par mail dès que possible, précisa le commissaire. »

En quittant le Conseil départemental, Mornard proposa à son ami O'Brien d'aller prendre un verre rue Blaise-Pascal.
Rodan connaissait bien le « Gambrinus » pour l'avoir découvert grâce à Paul. C'est un bar à bière situé près de la gare où l'on peut faire son choix sur une carte de plus de 100 bières, une telle palette avait conquis le détective.
Tout en prenant le temps de déguster très lentement leur demi, Rodan et Paul firent le point sur l'avancement de l'enquête.

« On a quatre victimes qui ont fréquenté la même école primaire, mais deux autres qui n'y sont jamais allés, résuma Paul. On aura peut-être des informations avec la photo de la colonie de vacances. C'est quand même bien maigre pour l'instant.
— Vous n'avez rien trouvé d'autre sur les lieux des crimes ? demanda O'Brien. Rien que les plumes ? Pas d'empreintes ? Pas d'indices ?
— Rien ! L'assassin doit être méticuleux. Aucune empreinte, il doit porter des gants. On a fait analyser la colle des plumes, aucun intérêt, c'est un produit qu'on trouve dans toutes les grandes surfaces. Les plumes sont celles de pigeon, on peut en ramasser un peu partout en ville.
— Je rentre chez moi, déclara Rodan, dès que tu as la liste du Conseil départemental, tu me l'envoies ? »

Chapitre 15

Michel Perrot arriva à sa permanence vers 18h.
Il était exténué par une journée bien remplie, ayant parcouru sa circonscription depuis le matin de très bonne heure.
Il était à la fois maire de son village, Saint Paulin sur Vive, conseiller départemental, vice président de la communauté de communes, un cumul de fonctions qu'il assumait depuis bientôt 30 ans.
Il avait présidé le conseil municipal la veille au soir, et procédé ce matin à l'inauguration de la nouvelle piscine communautaire, puis à l'ouverture officielle de la voie verte destinée aux vélotouristes, déjeuné le midi au foyer d'insertion du canton, et assisté cet après-midi aux championnats départementaux des sapeurs pompiers.
À chaque manifestation, il y allait de son discours fait de remerciements aux élus, aux participants, d'autosatisfaction sur l'excellent travail accompli grâce à son engagement.

Et chaque fois, la célébration se terminait par l'inévitable « verre de l'amitié » accompagné des mêmes petits fours.

Michel Perrot avait su se faire aimer par sa bonhommie toute rurale, fils d'une famille d'agriculteurs implantée depuis longtemps sur le territoire.
Il avait succédé à son père à la mairie après avoir brillamment suivi ses études secondaires au lycée Balzac de Tours et entamé une carrière d'agent immobilier spécialisé dans le foncier agricole.

À sa permanence, il allait retrouver l'abondant courrier du jour que son assistante lui avait préparé.
Il prit connaissance de son programme du lendemain : réunion de la communauté de communes le matin, déjeuner partagé avec les pensionnaires de l'Ehpad « les glycines », retour à son bureau du conseil départemental l'après-midi pour une rencontre avec les représentants du personnel d'une usine dont la fermeture venait d'être annoncée.

Une fois par semaine, il assurait une permanence de 18h à 20h dans un local annexe de sa mairie.

Il consulta les notes de synthèse élaborées par son équipe et lut les discours qu'on lui avait préparés.

Il était tellement absorbé dans la lecture de tous ces documents qu'il sursauta quand la sonnette de la porte d'entrée retentit.

Il se leva pour faire entrer l'homme qui se tenait devant la porte.

« Bonjour, entrez, je vous en prie, dit-il en montrant le fauteuil placé devant son bureau.

— Bonjour monsieur Perrot, dit l'homme en s'asseyant.

— Qu'est ce que je peux faire pour vous ? demanda Michel Perrot.

— Est-ce que mon visage vous dit quelque chose ? interrogea l'inconnu.

Perrot scruta pendant quelques secondes le visage de son visiteur avant de lui répondre :

— Non…je ne vois pas. On se connaît ?

— On s'est rencontrés il y a longtemps, ajouta l'homme.

— Je ne vois vraiment pas, répéta Perrot.

L'inconnu déposa délicatement sur le bureau une plume de pigeon.

— Est-ce que ça ne vous rappelle rien ?

Michel Perrot se pencha légèrement pour observer la plume noir et blanc posée sur son sous-main en cuir vieilli. Il leva les yeux vers l'inconnu, semblant chercher dans sa mémoire ce qui pouvait bien relier l'homme et la plume. Il eut soudain comme un éclair dans le regard, comme une illumination.

Il observa avec plus d'intensité encore les traits de l'homme qui affichait désormais un sourire étrange.

— Je crois que tu te souviens maintenant, déclara ce dernier avec une satisfaction certaine.

L'inconnu plongea sa main sous sa veste, en sortit un Colt 45 équipé d'un silencieux.

Michel Perrot n'eut pas le temps de se lever ni de prononcer le moindre mot. La balle lui traversa le crâne sans qu'il ait eu le temps d'entendre le coup de feu. Il s'effondra sur son bureau tandis que des éclaboussures de sang maculaient le mur.

L'homme souleva délicatement la tête de Perrot.

Il sortit un tube de colle néoprène de sa poche, en déposa une goutte sur le front de sa victime et y fit adhérer la plume de pigeon.

Chapitre 16

Paul Mornard venait d'arriver à son bureau quand son adjoint entra précipitamment.

« Patron, on a une nouvelle victime à la plume ! Et pas des moindres !

— C'est qui ?

— Michel Perrot, le maire de Saint Paulin sur Vive.

Le commissaire le connaissait bien. Une figure de la politique locale de son canton depuis des décennies.

—C'est la Gendarmerie qui nous a prévenus. La femme de ménage a découvert le corps ce matin dans sa permanence. D'après le légiste, la mort remonterait à hier soir. Le procureur a cherché à vous joindre, patron. »

Paul Mornard se rendit aussitôt chez le procureur. De nombreux journalistes étaient déjà présents dans les couloirs du tribunal. Le commissaire eut bien du mal à se frayer un chemin entre les micros tendus et les caméras.

Quand il entra dans le bureau du procureur, celui-ci n'était pas seul. Outre le greffier, il reconnut le député de la circonscription.
« Ah ! Commissaire, vous voilà ! Vous connaissez monsieur Bideaux, le député ? lança le procureur.
— Bien sûr, répondit Mornard en serrant la main que lui tendait le député.
Le procureur reprit aussitôt.
« Commissaire, vous avez bien conscience que cette fois-ci l'affaire prend un tour nouveau. On a assassiné un maire qui est aussi conseiller départemental. Monsieur Bideaux est venu nous faire part de l'inquiétude et de l'impatience en haut lieu. Il faut vraiment que vous trouviez rapidement l'assassin, on ne peut pas continuer à compter les victimes sans rien faire !
— Nous avançons, monsieur le procureur, répondit Paul Mornard visiblement agacé par le ton de son interlocuteur.
— Vous voulez dire quoi ? Demanda sèchement le député
— Nous avons trouvé des liens entre quelques unes des victimes, certaines ayant fréquenté la même école. On est en train de vérifier dans la vie de chacune d'elles ce qui pourrait les relier à un événement commun.
— Je compte sur vous pour faire vite, ajouta avec autorité le procureur qui visiblement voulait montrer au député qu'il avait lui-même la volonté de résoudre rapidement cette énigme.
Paul Mornard quitta les deux hommes et rejoignit son bureau.
Il réunit aussitôt son équipe.

« Voilà, on a une nouvelle victime, Michel Perrot, le maire de Saint Paulin sur Vive, il est aussi conseiller départemental. Un politique parmi les victimes, ça va faire les choux gras des médias. Et en plus on va avoir la pression des autorités locales et nationales. Il faut me sortir tout ce qu'on sait sur Perrot.

Tous les collaborateurs se dispersèrent aussitôt pour rejoindre leurs bureaux respectifs et se plonger dans leurs recherches.

Paul Mornard appela son ami Rodan O'Brien.
« Rodan, tu connais Michel Perrot ?
— Bien sûr, qui ne le connaît pas ? Il est conseiller du canton. Je l'ai plusieurs fois rencontré lors des inaugurations ou des manifestations locales. On a même sympathisé.
— Mauvaise nouvelle l'ami ! Il a été assassiné hier soir.
Rodan était quelque peu abasourdi par cette information.
Paul marqua un temps d'arrêt comme pour ménager un peu la surprise que ne manquerait pas de faire la suite.
Il poursuivit.
— On l'a retrouvé ce matin à sa permanence. Il avait une plume de pigeon collée sur le front !
— Lui aussi ? Déclara incrédule le détective.
— Ça risque de faire du bruit, ajouta Paul.
Rodan O'Brien avait du mal à assimiler la nouvelle. Il se souvenait d'avoir vu Michel Perrot pour la dernière fois lors de la course cycliste annuelle qui constituait un événement majeur du

canton. Perrot en avait donné le départ et avait remis les trophées sur le podium dressé devant sa mairie de Saint Paulin sur Vive. Fervent amateur de vélo, il avait initié cette compétition il y a plusieurs années et, depuis, n'en avait manqué aucune édition.
Rodan avait participé au pot de l'amitié qui suivait et pu converser un petit moment avec Michel Perrot.
Rodan reprit peu à peu ses esprits et demanda à Paul :
« As-tu des nouvelles du Conseil départemental sur la colonie de vacances ?
— Pas encore reçu. Je te tiens au courant dès que possible. J'ai demandé à mes gars de fouiller dans la vie de Michel Perrot, on ne sait jamais ! »

Il est facile d'imaginer qu'on ne se fait pas que des amis en trente ans de vie publique locale. Outre les frustrés de victoire contre l'incontournable candidat, il y avait souvent des déçus quand l'élu devait trancher sur des choix économiques ou environnementaux. Michel Perrot savait louvoyer entre les gouttes mais ses ennemis ne manquaient pas. Ce qui ne simplifiait pas la tâche des policiers chargés de l'enquête.

Chapitre 17

Paul Mornard ouvrit fébrilement le mail qu'il venait de recevoir sur son ordinateur.
L'expéditrice en était la responsable du service colonies de vacances du Conseil départemental.
Avec le texte d'envoi, un fichier joint que le commissaire s'empressa d'ouvrir. Fichier dont l'intitulé était « liste des participants Longeville 1973 ».
Paul imprima le document et commença à prendre connaissance de la liste des enfants présents cette année-là.
Soixante et un garçons, quarante-huit filles.
Le commissaire parcourut rapidement la liste des filles et un nom lui sauta au visage :
Mirellois Hortense ! La fausse noyée de la fontaine miraculeuse de Saint Martin des forêts.
Aucun autre nom de la liste des filles ne lui disait quelque chose.

Il prit le deuxième feuillet et tomba aussitôt sur un nom : Bleumet Gérard, puis un autre : Guindard Jacques.
Il surligna en jaune les deux noms et continua à suivre la liste classée par ordre alphabétique.
Puis il jaunit d'autres noms qu'il reconnut immédiatement.
Madeau Claude.
Martinal Jean-Louis.
Perrot Michel.
Romans Jean.

Ils étaient tous là ! Tous les assassinés à la plume de pigeon !
Bleumet, le bouliste. Guindard, le voileux. Madeau, le capitaine de la toue cabanée. Martinal, le professeur de français. Perrot, le maire de Saint Paulin. Romans, le pendu du cœur navré.
Et Hortense Mirellois, retrouvée dans la fontaine.

Paul Mornard appela aussitôt son ami Rodan O'Brien.
« Rodan, je crois que là on a une piste sérieuse. Tu as eu une bonne idée en contactant le Conseil départemental. Je viens de t'envoyer par mail les documents que j'ai reçus.
— Attends, j'ouvre le fichier…Voilà j'y suis, dit Rodan en prenant connaissance de la liste des colons de 1973.
— Tu vas voir, toutes les victimes à la plume de pigeon sont là !
— Incroyable ! s'exclama O'Brien après avoir vérifié tous les noms.
— Qu'est ce que tu en dis Rodan ?

— Il est possible que la colonie de vacances soit le point commun entre tous les crimes. Mais ça risque d'être compliqué de retrouver les choses vu le nombre d'enfants concernés. 61 garçons et 48 filles, ça fait beaucoup, d'autant que c'est très loin 1973 ! Et puis c'est peut-être une simple coïncidence qu'ils soient allés là-bas en même temps. Tu ne crois pas ? »
Paul, à l'autre bout du fil, semblait plus enthousiaste.
— C'est quand même le premier lien entre tous les meurtres. Il faut creuser ça. Je crois qu'il faut rechercher tous les participants et les interroger pour savoir si quelque chose aurait pu arriver entre les victimes.
— Tu as raison Paul, il faut explorer cette piste. »

Il pleuvait sur Saint Martin des forêts. Faute de pouvoir bricoler dans son jardin, Rodan O'Brien décida de s'intéresser à la liste des jeunes colons que Paul lui avait transmise.
109 noms au total. Par quoi commencer ?
Il tapa le premier sur son clavier d'ordinateur.
« C'est incroyable ce qu'on peut retrouver comme information rien qu'en entrant un nom. » Se dit-il un peu effrayé par ce monstre qu'était devenu Internet avec l'explosion des réseaux sociaux sur lesquels les êtres humains étalaient sans prudence ni discernement leur vie privée.

O'Brien prit connaissance de la première partie de la liste. Les garçons. Figuraient les nom et prénom, la date de naissance, la commune d'origine.

Il tapa sur son clavier chacun des noms l'un après l'autre.
Et à chaque fois, des photos, parfois des articles de presse, des informations plus ou moins nombreuses.
Il prenait des photos d'écran, il imprimait des pages.
Il sortit d'un tiroir de son bureau un paquet de chemises cartonnées. Il nota sur le recto de sept d'entre elles les nom et prénom de chaque victime.
Il y rangea tous les documents qu'il avait imprimés à partir de ses recherches.
Il appela Paul Mornard.

« Salut Paul. Où en êtes-vous de vos recherches sur les participants à la colonie de vacances ?
— Mon équipe est dessus ! On essaie de les contacter tous. Certains sont morts. Mais il reste pas mal de noms. Et ce n'est pas facile après tant d'années. La plupart des filles ont changé de noms. Je te tiens au courant dès qu'on a du nouveau. »

Chapitre 18

L'homme était assis à son bureau, son ordinateur allumé devant lui.
Il tapa un nom sur le clavier. Georges Barreau.
L'écran se remplit de photos et de textes.
Il ne lui fallut que quelques secondes pour trouver ce qu'il cherchait. Il le reconnut parfaitement, bien que les années passées l'aient quelque peu changé.
C'était lui, Georges Barreau.
Prêtre de la paroisse de Saint Saturnin à Tours.
Les articles de presse qu'il consultait maintenant le présentaient comme une figure locale très appréciée, notamment pour les actions qu'il menait auprès des familles pauvres et des déshérités.
On le retrouvait auprès des associations qui œuvraient contre la misère, il participait aux maraudes nocturnes pour secourir les sans-abris, il organisait des distributions de soupes populaires plusieurs fois par semaine en hiver.

Georges Barreau était un homme bon.

Et pourtant, devant son écran, celui qui lisait tout cela restait indifférent. Rien de ce qu'il apprenait ne pouvait l'émouvoir ni le faire dévier de ses résolutions.

Il avait retrouvé l'un de ceux qu'il recherchait.

Un de plus.

L'homme composa un numéro sur son téléphone.

« Bonjour. Vous êtes bien le père Barreau ?
— Bien sûr. Que puis-je pour vous ?
— Voilà, j'ai lu dans un article de presse qu'on pouvait vous contacter à ce numéro en cas de besoin.
— Je vous écoute.
— J'aimerais vous rencontrer pour vous parler de mes problèmes.
— Si c'est urgent vous pouvez venir à la sacristie j'y suis jusqu'à dix-neuf heures…
— C'est parfait ! »

L'homme raccrocha, un étrange rictus au coin les lèvres.

Quand l'homme frappa à la porte de la sacristie, Georges Barreau lui ouvrit, tout sourire.

« Entrez mon fils…Asseyez-vous…Que puis-je pour vous ? Dites-moi ce qui vous amène jusqu'à moi. »

— Bonjour Georges.
— On se connaît ? demanda le prêtre en scrutant plus attentivement le visage de son visiteur.
— Bien sûr Georges, dit l'homme en insistant sur le prénom.
— Excusez-moi, je n'arrive pas à me souvenir de vous…

L'homme sortit de sa poche une longue plume de pigeon et la brandit en la secouant à hauteur des yeux du prêtre.
« Et ça ? Est-ce que ça te rappelle quelque chose ? »
Le visage de Georges Barreau devint soudain très pâle, sa respiration s'accéléra, il regardait maintenant l'homme avec une très grande attention.
Au bout de quelques secondes, il prit dans ses mains la main de l'homme qui tenait la plume.
« Bien sûr que je me souviens…je n'ai jamais pu oublier…cela m'a hanté toute ma vie…je crois même que c'est pour ça que je consacre tout mon temps à aider les autres, comme si je devais réparer…mais on ne peut pas effacer le passé… »
En parlant, il regardait l'homme droit dans les yeux, et il n'y voyait que froideur et détermination.
« On va faire un tour dans ton église, déclara l'homme.
— Excellente idée, répondit le prêtre, allons prier ensemble et demander pardon comme je le fais chaque jour. »

Le père Georges Barreau poussa la porte qui conduisait au déambulatoire et s'avança vers le chœur de l'église, suivi de près par son visiteur.

Il ne vit pas l'homme sortir un colt 45 de sa poche, il n'entendit pas le coup de feu, il ne sentit pas la balle traverser son crâne. Il bascula lourdement en avant et s'affala sur le carrelage de marbre, une flaque de sang entourant bientôt sa tête à jamais vidée du remords.

Chapitre 19

Marie-Madeleine Bellecourt ouvrit son parapluie, une pluie fine et froide obscurcissait le ciel ce matin.
Il était huit heures et comme chaque jour elle trottinait vers l'église Saint Saturnin, frêle silhouette tout habillée de noir dont la tête était couverte d'un foulard.
Comme chaque jour, elle allait rejoindre la sacristie avant l'arrivée du prêtre.
Elle accomplissait sa tâche avec la satisfaction de servir un homme exceptionnel.
Faire le ménage, ranger la sacristie, préparer les vêtements sacerdotaux, chaque activité était un plaisir tant elle vouait une admiration sans borne à Georges Barreau.
Nommé prêtre de cette paroisse une dizaine d'années auparavant, il avait aussitôt conquis l'ensemble de ses ouailles par son charisme et son humilité, par son sens de l'écoute et sa disponibilité, par sa bienveillance et son investissement auprès des populations fragiles de son diocèse.

Marie-Madeleine pressa le pas. Devenue veuve très jeune, elle consacrait sa vie depuis des dizaines d'années à la bonne marche de son église. Outre les travaux dans la sacristie, elle entretenait aussi chaque autel de l'édifice, changeant les cierges consumés, nettoyant les supports, réapprovisionnant les boîtes vides.

Elle arriva bientôt à la porte de la sacristie. Elle fut surprise de ne pas la trouver fermée à clé comme chaque matin.
Elle entra prudemment, suivit le long couloir qui mène à la grande pièce principale. La lumière était allumée. Elle pensa que le prêtre l'avait pour une fois devancée.
« Mon père ? interrogea-t-elle. »
Elle répéta plusieurs fois son appel, sans obtenir de réponse.

Elle ouvrit la porte qui menait à l'intérieur de l'église.
Elle le vit aussitôt.

Allongé face contre le carrelage devant l'autel, le prêtre avait la tête entourée d'une mare de sang coagulé.

Marie-Madeleine Bellecourt resta un long moment figée par l'émotion et l'incrédulité. Puis elle se précipita hors de l'église pour aller téléphoner depuis la sacristie.

Elle appela le 15. Quand elle expliqua ce qu'elle avait trouvé, on lui demanda de ne rien toucher en attendant l'arrivée de la police.

Chapitre 20

Les premiers policiers dépêchés sur place avaient immédiatement remarqué la plume collée sur la joue de la victime. Ils en avaient aussitôt informé la Criminelle.
Paul Mornard arriva sur les lieux quelques minutes après la police scientifique.
Les premiers constats confirmaient la mort par balle du prêtre et la présence de la plume collée sur son visage.
Le procureur de la République venait d'entrer dans l'église.
« Mornard, ça suffit ! hurla-t-il presque. On n'avance pas. Et les meurtres continuent. Huitième victime ! Jusqu'à quand ? Qui sera le prochain ? Vous en êtes où ?
— On progresse monsieur le Procureur. On progresse…
— Je vous attends cet après-midi dans mon bureau. Je veux du concret. » Dit-il en tournant les talons visiblement très énervé.

Paul sortit sur le parvis de l'église et appela son ami O'Brien.

« Rodan ? On a encore une victime à la plume. Un prêtre ! Rejoins-moi à la PJ dès que tu peux. »

Rodan O'Brien arriva un peu avant midi.
Paul Mornard lui fit un topo sur la dernière victime.
« Georges Barreau est né à Loches en 1960. Il a fait ses études à Tours au Petit puis au Grand St Grégoire avant d'être ordonné prêtre en 1985. Il a été nommé sur la paroisse de St Saturnin en 2008. C'était quelqu'un de très investi dans le social, notamment auprès des sans-abri. D'après les témoins entendus, un homme d'une grande bonté, toujours disponible.
— Tu as regardé les listes des élèves d'Anatole-France ? demanda O'Brien. Et la liste des colons ?
— Bien sûr. Il n'a pas fréquenté l'école primaire mais il a bien participé à la colonie de vacances de Longeville en 1973.
— Je crois qu'on tient une piste avec cette colonie, jubilait Rodan O'Brien.
— S'il s'est passé quelque chose là-bas, on doit retrouver des témoins. On va mettre tout le monde sur le coup. »

Le téléphone de Paul Mornard sonna.
« On a un appel pour vous, commissaire, je vous le passe, dit le standardiste de la PJ.
— Commissaire Mornard, j'écoute.
— Bonjour Commissaire. Je vous appelle à propos des meurtres dont on parle dans toute la presse.

— Qui êtes-vous ?
— Je m'appelle Antoine Dupré, je suis médecin…
— Où habitez-vous ?
— Mon cabinet est au 428 avenue du Général de Gaulle à Tours.
— Vous connaissiez les victimes ?
— Je m'en rappelle certaines, oui.
— Est-ce qu'un prêtre du nom de Georges Barreau ça vous dit quelque chose ?
— Oh oui bien sûr…mais je n'ai pas vu son nom dans les journaux, ajouta surpris le médecin.
— Normal, lui répondit le commissaire. On vient juste de découvrir son corps… »

À ce moment, Paul Mornard entendit un bruit étrange à l'autre bout du fil, puis le médecin qui semblait parler à un autre interlocuteur.
« Monsieur, je ne vous ai pas dit d'entrer…je suis occupé.. »
La communication s'interrompit brusquement, le téléphone apparemment raccroché.

Paul se leva précipitamment tout en s'adressant à Rodan O'Brien et à ses collaborateurs.
« On a un problème ! On y va ! »

Chapitre 21

L'homme s'installa dans la salle d'attente.
Antoine Dupré avait son cabinet médical dans un quartier très populaire de la ville, il y exerçait durant de longues journées depuis plus de trente ans. On pouvait être reçu sans rendez-vous en cas d'urgence.
Il avait fait ses études de médecine à la faculté de Tours et obtenu son diplôme final en 1985.

Depuis plusieurs jours il était très inquiet.
Il avait comme tout le monde lu les premières informations concernant les meurtres étranges qui se succédaient ces dernières semaines. Et puis, un matin, un nom l'avait interpellé. Il avait recherché les articles passés dans le journal local et la presse nationale qui depuis quelque temps en faisait quotidiennement ses gros titres.
Et d'autres noms lui étaient revenus en mémoire.

Il en avait désormais la conviction : lui-même courait un danger. Se pouvait-il qu'une histoire aussi ancienne remonte à la surface ?

Il avait noté le nom du commissaire chargé de ces meurtres. Le numéro de la PJ était systématiquement rappelé en fin d'articles pour inviter d'éventuels témoins à se manifester.

Il avait longtemps hésité mais ce matin il s'était persuadé qu'il fallait faire quelque chose.

Il venait de terminer un rendez-vous avec l'un de ses patients. Dans la salle d'attente, une seule personne encore.

« Excusez-moi un instant, je vous prends dans quelques minutes, dit-il à l'inconnu qui attendait. »

Il composa le numéro indiqué dans la presse.

« Ne quittez-pas, je vous passe le commissaire, lui répondit le standardiste de la PJ. »

Après quelques secondes d'attente, il entendit la voix du commissaire.

Pendant qu'il répondait à Paul Mornard, la porte de son cabinet s'ouvrit.

« Monsieur, je ne vous ai pas dit d'entrer…je suis occupé.. »

L'homme s'approcha du bureau du médecin et lui arracha des mains le combiné qu'il raccrocha brutalement.

Antoine Dupré regarda avec angoisse l'intrus.

« Qu'est-ce que vous me voulez ?

— Bonjour Antoine, dit l'homme en s'asseyant en face du médecin.
— Qui êtes-vous, interrogea le médecin de plus en plus inquiet.
— Regarde-moi bien, Antoine. Cherche dans ta mémoire…
— Je ne comprends pas, répondit Antoine Dupré, bien qu'il se fût souvenu depuis plusieurs jours à la lecture des journaux.
— Regarde cette plume, dit l'homme en la brandissant au dessus du bureau. »

Antoine Dupré savait.
Il savait qu'il allait mourir.
Il savait aussi pourquoi.

Chapitre 22

Le cabinet du docteur Antoine Dupré n'était qu'à dix minutes de la PJ.
La ville fut traversée en trombe au son de la sirène et aux éclats du gyrophare des deux voitures de police.
Paul Mornard et Rodan O'Brien en descendirent prestement, suivis par les équipiers du commissaire.
Le cabinet médical était situé au premier étage d'un immeuble vétuste.
Ils montèrent tous quatre à quatre les escaliers et sonnèrent à la porte du cabinet tout en l'ouvrant.
Au bout d'un petit couloir, le bureau du médecin était ouvert. Paul Mornard entra le premier.
« On ne touche à rien ! cria-t-il en voyant le médecin, la tête couchée sur son sous-main, le sang répandu, la plume collée sur le front.
— Le sang est encore frais, ajouta Rodan O'Brien. Et on l'a eu au téléphone il y moins d'un quart d'heure.

— On vient de rater l'assassin de quelques minutes, pesta le commissaire. »

Paul appela aussitôt la scientifique mais il savait déjà la cause de la mort du médecin en voyant le trou saignant dans son front, sans qu'il ait la moindre idée de la raison de ce neuvième meurtre qui venait d'ajouter Antoine Dupré à la trop longue liste des victimes.

Puis il informa le procureur de ce qu'il venait de se passer, le coup de téléphone de Dupré et la découverte de son corps.

Rodan O'Brien, le détective, sortit une feuille de sa poche.
« Regarde Paul, j'ai la liste des colons de 1973. Antoine Dupré y est bien.

— Je commençais à m'en douter. Il faut absolument retrouver un participant à cette colo pour savoir ce qui a bien pu se passer. Sinon, on ne sait pas quand ça va s'arrêter…Allons déjeuner ensemble si tu as le temps. Que dirais-tu d'une bonne pizza ? »

Rodan savait où Paul allait l'emmener.
Le grand méchant loup était leur pizzeria préférée. Située à Veigné, au sud de Tours, elle avait été créée par Carl, devenu un ami des deux complices. Carl était parti s'installer en Bretagne il y a quelques années mais son successeur, Bertrand, avait perpétué son savoir faire avec un goût immodéré de l'innovation qui enchantait Paul et Rodan et sa fidèle clientèle.

Après avoir englouti avec délectation leur choix du jour, les deux gourmands rassasiés se séparèrent.

« Je vais essayer de contacter les colons, déclara Rodan O'Brien. Je te tiens au courant. »

Rodan O'Brien rentra chez lui en milieu d'après-midi.
Le temps maussade ne l'incitait pas à bricoler dehors. Il s'installa à son bureau et reprit ses recherches à partir de la liste des colons de Longeville.
Avec le docteur Dupré, cela faisait huit garçons qui avaient été assassinés. Il fallait ajouter une fille, Hortense Mirellois, à la liste des victimes.
Rodan décida de s'intéresser d'abord aux garçons qui semblaient être la cible privilégiée du tueur.

Chapitre 23

L'homme consulta sa liste : dix noms dont neuf étaient déjà rayés. Il lui restait une cible.

Il repensait à son dernier *client*. Le docteur Antoine Dupré.
Il venait de sortir du cabinet médical quand il avait vu surgir bruyamment deux voitures de police, toute sirène hurlante.
Il s'était posté derrière un arbre pour observer la scène. Il avait suivi des yeux les policiers qui s'étaient engouffrés dans l'immeuble.
Il avait été quelque peu troublé par la situation. À quelques minutes près, il aurait pu se faire prendre. Il lui semblait étrange que la police arrive à ce moment-là.
Il ignorait que le médecin venait lui-même d'appeler la PJ.

Il devait être encore plus prudent désormais. Il lui restait une seule mission, c'est ainsi qu'il nommait pour lui chacun des meurtres.

Chapitre 24

Rodan O'Brien était devant son ordinateur depuis plusieurs heures.
Il tapait l'un après l'autre sur son clavier le nom de chaque colon et notait les informations qu'il trouvait.
Il termina la liste des garçons. 61 noms.
Pour la plupart d'entre eux, il connaissait désormais leur adresse et souvent leur téléphone.
Certains avaient des comptes Facebook ou Instagram sur lesquels on découvrait leur vie quasi quotidiennement et cela étonnait beaucoup O'Brien qu'on puisse diffuser ainsi toutes ces choses très personnelles.

La liste était classée par ordre alphabétique. Le premier nom était celui d'un certain Alain Bertaud.
Bien connu dans la région pour ses excellents résultats aux compétitions d'échecs, il était régulièrement le sujet d'articles de presse.

Alain Bertaud était le président du club de Saint-Pierre-des-Corps.

Rodan O'Brien avait récupéré son numéro de téléphone.

Il décida de l'appeler malgré l'heure matinale.

« Monsieur Bertaud ?

— Bonjour, c'est bien moi, que puis-je pour vous ?

— Bonjour. Je m'appelle Rodan O'Brien et je suis détective privé. J'aimerais vous poser quelques questions. Avez-vous un peu de temps à me consacrer ?

— Détective ? Ça existe encore ? Et votre accent, ça vient d'où ? interrogea, surpris, Alain Bertaud.

— Je suis un ancien détective américain, je me suis installé en France il y a quelques années, et je continue à m'intéresser aux affaires criminelles.

— Affaires criminelles ? En quoi ça me concerne ? répondit Beraud avec une pointe d'agacement dans la voix.

— Je suppose que vous êtes au courant des crimes qui se multiplient dans la région et que les journalistes désignent comme « les meurtres à la plume » ? »

Un long silence pesant suivit la dernière question d'O'Brien.

« Ça ne vous dit rien ? reprit le détective.

— Je…Oui, j'ai lu les articles de presse comme tout le monde. Il y a bien deux ou trois noms qui me rappellent quelque chose.

— J'aimerais vous rencontrer si vous le voulez bien.

Après une longue hésitation, Bertaud répondit :

— Je suis disponible ce matin…Vers 10h.

— Je peux vous rencontrer où ?

— Je serai au siège de notre association à Saint Pierre. Le bureau est fermé le lundi mais je vous y attendrai.

— J'ai l'adresse, précisa O'Brien.

— Parfait.»

Rodan O'Brien appela son ami Mornard.
Il l'informa de ce premier rendez-vous.
« Je suis persuadé que la solution est là ! ajouta O'Brien. Toutes les victimes ont participé à cette colonie de vacances en 1973.

— Nous sommes dessus nous aussi, nous allons convoquer tous les participants, du moins ceux qu'on pourra retrouver, précisa Paul Mornard. »

Rodan O'Brien arriva à 10h précises au siège de l'association de joueurs d'échecs qui occupait un local dans un ancien commerce. La porte était ouverte, Rodan entra.

La salle était meublée d'une dizaine de tables disséminées sur lesquelles des échiquiers étaient disposés.

A droite de l'entrée, une pièce exigüe faisait office de bureau.

« Bonjour. Je vous ai appelé ce matin, je suis le détective, dit O'Brien.

— Bonjour, asseyez-vous, lui répondit Alain Bertaud... Vous vouliez me parler ?

— J'aurais effectivement besoin de vous poser quelques questions. Je voudrais que vous me parliez de la colonie de vacances à laquelle vous avez participé en 1973 à Longeville.

— Oh là ! C'est bien loin tout ça. J'avais 12 ans et ma mémoire commence à me jouer des tours !

— Vous avez sans doute lu la presse ces dernières semaines, reprit O'Brien. Vous avez sûrement entendu parler de tous ces meurtres mystérieux qui semblent avoir un lien entre eux ?

— Oui, je suis comme tout le monde, je suis cette affaire, on ne peut plus y échapper !

— Je pense qu'il y a un rapport avec cette colonie.»

Le visage d'Alain Bertaud s'était soudain assombri.

« Et vous en pensez quoi ? Insista Rodan O'Brien dont la légendaire intuition lui soufflait que son interlocuteur en savait plus qu'il ne voulait en dire.

Bertaud observa un long silence avant de répondre.

— Je ne sais pas…Il y a tellement d'hypothèses dans les journaux… »

Il se leva soudain.

« Excusez-moi, j'ai d'autres obligations. Je vous raccompagne. »

Rodan O'Brien sortit du local de l'association. Il était frustré, persuadé que Bertaud l'avait éconduit pour ne pas en dire davantage.

Rodan appela le commissaire Mornard.

« J'ai rencontré Alain Bertaud, le joueur d'échecs. Je pense qu'il sait quelque chose.

— Je vais le convoquer, répondit Paul Mornard. Il sera peut-être plus loquace avec nous. »

Le commissaire ajouta :

« Nous avons été contactés par une certaine madame Richard qui aurait des informations. Bon, ce n'est pas la première personne qui nous appelle mais cette fois le collègue qui lui a parlé a senti qu'elle semblait particulièrement troublée. On la reçoit en début d'après-midi. Si tu es libre, tu peux nous rejoindre.

— Je suis à Saint-Pierre-des-Corps, répondit O'Brien, on peut déjeuner ensemble si tu veux.

— Ça marche ! On se retrouve au *Petit Patrimoine* vers 12h30. »

Les deux compères commandèrent en entrée la tourte tourangelle aux rillons et Sainte-Maure de Touraine.

Puis une côte de roi rose au miel de châtaignier, dont ils se régalèrent dans un silence quasi religieux pour respecter ce divin plat.

Après le dessert du jour, Mornard et O'Brien rejoignirent le siège de la police judiciaire.

Chapitre 25

Catherine Richard était assise devant la table de sa salle à manger. Elle venait d'ouvrir son quotidien à la une duquel figurait la photo du docteur Dupré. En gros titre « *une neuvième victime à la plume* ».
Catherine lut fébrilement l'article qui relatait ce dernier crime. Une grande partie des premières pages du journal y était consacrée.
On revenait en détail sur la vie du médecin et sur les circonstances de sa mort.
C'est à partir de l'annonce de celui d'Hortense Mirellois à Saint Martin des Forêts qu'elle avait commencé à collecter tous les articles qui relataient les meurtres attribués au « tueur à la plume ». Elle les rangeait soigneusement dans une chemise cartonnée.

Elle connaissait Hortense. Du moins, elle se souvenait bien d'elle. Elles avaient été amies pendant quelque temps.

Catherine se rappelait parfaitement comment elles s'étaient rencontrées, lors de son premier séjour en colonie de vacances. Dans le bus qui les emmenait vers Longeville, elles s'étaient retrouvées assises l'une à côté de l'autre. Le temps du voyage leur avait permis de faire connaissance et entre elles le courant était aussitôt passé. Catherine habitait Tours, Hortense venait d'un petit village de campagne.
Elles avaient le même âge et pour les toutes les deux c'était leur premier départ en colonie de vacances. Et la première fois qu'elles verraient la mer !
Catherine avait tout de suite remarqué l'aisance d'Hortense, qui paraissait plus âgée que ses douze ans. Si Catherine était un peu anxieuse et ne se privait pas de le dire, Hortense semblait cacher ses angoisses en fanfaronnant ostensiblement.
Catherine l'avait vite compris, Hortense Mirellois était imbue de sa personne, sûre d'elle, autoritaire.

Arrivées à Longeville, elles avaient choisi un lit contigu dans l'un des dortoirs affectés aux filles.
Au bout de quelques jours seulement, Hortense avait créé autour d'elle une sorte de cour constituée de plusieurs autres filles qui ne la quittaient plus d'une semelle.
Hortense décidait des jeux auxquels elles allaient jouer, de la place que chacune occuperait au réfectoire, jusqu'à leur affecter elle-même le lit qui leur revenait dans le dortoir.

Son autorité n'aurait su être mise en doute et personne n'aurait osé la contrarier. Avec sa petite troupe qui l'accompagnait constamment, Hortense traversait la cour la tête haute, princesse dédaigneuse et méprisante.

Hortense se plaisait aussi à minauder devant les garçons. Quelques uns d'entre eux étaient malgré tout admis de temps en temps à participer aux jeux de sa troupe de filles.
Catherine Richard se souvenait bien du sadisme avec lequel Hortense distillait ses méchancetés contre celles ou ceux qu'elle décidait d'humilier. Et chacun dans son groupe, tous disposés à ne pas la contrarier, y allait en surenchère.

Catherine relisait les coupures de journaux conservées dans sa chemise cartonnée.
Elle en était désormais persuadée.
Elle savait qui était l'assassin à la plume.
Et elle pensait connaître la raison de tous ces meurtres.

Catherine Richard décida d'appeler le numéro de téléphone qui figurait à la fin de chaque article de presse. La police judiciaire exhortait systématiquement les éventuels témoins à la contacter.

Chapitre 26

Catherine Richard se présenta à 14h à l'accueil des bureaux de la Police judiciaire. Elle avait téléphoné le matin même au numéro indiqué dans la presse.
On lui avait confirmé qu'elle pouvait venir dès que possible.
Le policier de permanence lui demanda de patienter afin de prévenir le commissaire Mornard.
« Venez madame, le commissaire vous attend. »

Elle suivit le policier jusqu'à un bureau situé au fond du couloir.
« Bonjour madame, asseyez-vous, je vous en prie. »
Catherine Richard était très intimidée en s'asseyant face à Paul Mornard d'autant qu'il y avait aussi trois autres hommes, les deux adjoints du commissaire et Rodan O'Brien
« Vous avez quelque chose à nous dire à propos des meurtres, c'est ce que vous avez déclaré à nos services par téléphone ?

— Oui…répondit-elle d'une voix hésitante. En fait j'ai surtout bien connu Hortense Mirellois. On a été amies quelque temps.

— Vous l'avez connue comment ?

— On s'est rencontrés la première fois en 1973, on partait dans le même car pour aller à Longeville, c'était la colonie de vacances du Département. On n'est pas restées longtemps amies, j'habitais Tours et elle venait d'un petit village dont j'avais oublié le nom mais que j'ai retrouvé dans la presse quand elle a été assassinée. On a correspondu un moment et puis on a eu des parcours différents.

— Vous avez lu les journaux, connaissiez-vous certaines des autres victimes ?

— Pas toutes mais certains noms me disent quelque chose, plutôt des prénoms d'ailleurs. »

Le commissaire Mornard lui présenta une feuille sur laquelle figuraient les noms des neuf victimes.

« Regardez bien cette liste et essayez de vous souvenir. »

Catherine Richard sortit de son sac une paire de lunettes qu'elle ajusta sur son nez. Elle suivait du doigt les noms sur la liste.

« Il y en deux ou trois que j'ai pu revoir dans la presse, j'ai suivi un peu leur parcours comme le maire de Saint-Paulin, Michel Perrot. J'ai vu aussi des articles sur Gérard Bleumet qui jouait à la pétanque…Ah ! Hortense Mirellois, bien sûr. Je reconnais quelques prénoms aussi mais vous savez, à l'époque, je n'ai pas retenu tous les noms.

— Et qu'est ce qui vous a incitée à nous contacter ? demanda Paul Mornard.

— Quand j'ai lu l'article sur la mort du docteur Dupré ! J'ai été sa patiente autrefois. Et puis il y a la plume laissée à chaque fois par l'assassin !

— Qu'est-ce que ça vous évoque précisément ? »

Catherine Richard parla longtemps.

Le commissaire Paul Mornard et l'ex-détective Rodan O'Brien écoutaient avec incrédulité son récit.

Les deux enquêteurs étaient désormais convaincus de connaître la raison qui avait conduit à tous ces meurtres.

Ils ignoraient encore l'identité de celui qui les avait commis : Catherine Richard se souvenait à peu près du déroulement des événements mais elle avait oublié les noms.

Chapitre 27

Au volant de sa voiture, Rodan O'Brien rentrait chez lui à Saint-Martin. Il était abasourdi par les révélations de Catherine Richard. Certes, il ne savait pas encore qui était l'assassin, mais il savait désormais qu'il figurait sur la liste des colons de 1973 à Longeville.
Et il connaissait à coup sûr le probable prétexte qui l'avait conduit à commettre tous ces meurtres. Le travail de recherche de ses amis de la Police judiciaire avançait inexorablement, on approchait de la résolution finale.
Rodan s'arrêta chez Lucie pour acheter *la Nouvelle République* du jour. La première page était encore en grande partie consacrée aux meurtres à la plume. Les titres ne laissaient pas de doute sur l'opinion de la presse et de ses lecteurs : l'enquête piétine et qui sait si l'assassin ne prépare pas de nouveaux assassinats.
O'Brien rentra chez lui et s'installa aussitôt à son bureau. Il lisait toujours avec soin la totalité des pages de son journal. Il lut

attentivement les pages consacrées aux meurtres. Outre les pages des sports, il aimait particulièrement chercher les évènements culturels annoncés pour le prochain week-end.

Son regard se figea sur un article consacré à un salon du livre qui devait avoir lieu le dimanche suivant.

Le titre en était :

« Invité d'honneur à Saint-Paterne : Étienne Dorival ».

Rodan O'Brien parcourut fébrilement l'article et apprit ainsi que ce dernier dédicacerait son dernier livre consacré à sa jeunesse en Touraine qu'il venait d'éditer à compte d'auteur.

« Étienne Dorival, j'ai vu ce nom » pensa-t-il.

Il attrapa aussitôt la chemise contenant son dossier sur les participants à la colonie de vacances de Longeville.

« Bingo ! » s'écria-t-il en pointant son doigt sur la liste.

Étienne Dorival y était !

O'Brien appela son ami Paul Mornard.

« J'ai repéré dans la liste des colons un certain Étienne Dorival. C'est un écrivain local qu'on voit souvent dans la presse régionale. Il a publié récemment un ouvrage racontant sa jeunesse. L'article parle même d'un séjour qu'il aurait effectué en colonie de vacances !

— Comment peut-on se le procurer ce bouquin ? demanda Paul Mornard

— Il l'a édité à compte d'auteur. Mais j'ai lu qu'il allait participer à un salon à Saint Paterne dimanche prochain. Il faut absolument le rencontrer. Il en saura peut-être davantage que Catherine Richard.

— Je ne suis pas libre ce week-end mais ce serait bien que tu y fasses une petite visite.

— J'irai ! répondit O'Brien. Et vous, vous en êtes où de vos recherches ? demanda-t-t-il à son ami Paul.

— On a déjà contacté une grande partie des participants de la colo mais on n'a rien d'intéressant à se mettre sous la dent ! Certains sont introuvables, quelques uns sont décédés, La plupart ne se souviennent pas, c'est loin pour eux. »

Chapitre 28

Le salon du livre qui se déroulait chaque année à Saint-Paterne réunissait une trentaine d'autrices et auteurs.
Des écrivains régionaux y présentaient polars, récits historiques, poèmes, autobiographies...

Étienne Dorival en était un fidèle participant.
Né à Tours dans une famille très modeste, il vivait encore en Touraine, dans un petit hameau du sud du département.
Il avait publié plusieurs recueils de poésie dont certains textes avaient été primés dans différents concours. Il avait aussi écrit un récit relatant son enfance en Touraine édité à compte d'auteur. Il le proposait depuis quelques semaines dans les différents salons auxquels il participait.

Ce dimanche matin, il venait d'installer ses ouvrages devant lui sur la table mise à sa disposition. Les premiers visiteurs parcouraient les allées en s'attardant plus ou moins longtemps devant chaque autrice ou auteur.

Étienne Dorival présentait ses livres avec enthousiasme et faconde et se pliait de bonnes grâces aux demandes de dédicace.

« Bonjour monsieur Dorival.

— Bonjour. Vous connaissez mes livres ? demanda-t-il à l'homme qui venait de s'arrêter devant sa table.

— Bien sûr. J'ai acheté votre dernier il y a quelques semaines au salon de Loches, dit l'homme en sortant l'ouvrage du sac en toile qu'il portait à l'épaule, et je l'ai lu avec beaucoup d'intérêt. Je suis moi-même originaire de Tours.

— Je suis ravi que le livre vous ait plu. Comme vous l'avez vu, j'y raconte mes premières années jusqu'à mon départ au service militaire.

— Il y a un épisode qui m'a interpellé. »

L'homme avait ouvert le livre.

« Voilà, j'y suis… Le chapitre consacré à votre séjour en colonie de vacances.

— Ah oui ! C'était en 1973 à Longeville. Vous connaissez ?

— Un peu. J'y étais aussi cette année-là.

— C'est vrai ? Quelle coïncidence ! »

Étienne Dorival observa plus attentivement l'homme qui se tenait devant lui, sans qu'il puisse se remémorer celui qu'il avait sans doute côtoyé cette année-là.

« Pour moi ce fut merveilleux ce séjour, c'était la première fois que je voyais la mer, un moment inoubliable. La montée sur la dune, avec d'abord le son, le bruit assourdissant des vagues qui éclatent et puis en haut enfin la vision de cette étendue bleue bouillonnante d'écumes blanches.

— Je me le rappelle… J'ai aussi beaucoup aimé ce que vous relatez sur le quotidien de la colonie, les jeux, la cantine, les soirées…

— Vous vous souvenez des chants qu'on reprenait chaque soir avec les encadrants ? Quel bonheur de se retrouver tous ensemble !

— Je m'en souviens, bien sûr, répondit l'homme tout en feuilletant le livre qu'il tenait toujours entre ses mains. Vous racontez aussi une anecdote qui m'a beaucoup troublé.

— Laquelle ? demanda Étienne Dorival.

— Chapitre 17, l'histoire du jeune Victor.

— Ah, oui, bien sûr…Mais vous y étiez cette année-là à la colo ? Vous devez vous en souvenir ? Bon, j'ai essayé de raconter l'histoire du mieux que j'ai pu en reconstituant le plus précisément possible le fil de cet épisode. Surtout que je n'y ai pas participé directement mais j'en ai été le témoin.

— Je sais …répondit l'homme…Et vous en avez vendu beaucoup de ce livre ?

— Oh non ! Les récits personnels ça ne trouve pas trop preneur, c'est comme pour mes recueils de poésie, les amateurs ne se bousculent pas !

— Avez-vous pensé que ça pourrait choquer ce Victor de voir ainsi étaler ce moment douloureux et humiliant ?

— À vrai dire, non. C'est si loin tout ça. Ce sont des histoires de gamins.
— Vous l'avez édité à compte d'auteur votre livre, à combien d'exemplaires l'avez-vous tiré ?
— Je l'ai fait imprimé en 50 exemplaires, pourquoi ? Demanda Dorival, curieux.
— J'ai une proposition à vous faire. »

Chapitre 29

Rodan O'Brien arriva à Saint Paterne vers 11h30.
Les nombreux visiteurs passaient de table en table, écoutaient les auteurs enthousiastes présenter leurs livres, achetaient parfois et repartaient heureux avec une dédicace personnalisée.
O'Brien s'attarda un peu devant chaque participant jusqu'à trouver enfin Étienne Dorival.
Il regarda la table sur laquelle étaient présentés les ouvrages.
« Bonjour monsieur. Ce sont des recueils de poésie, dit Étienne Dorival en tendant l'un d'eux au détective. Tenez, vous pouvez feuilleter.
— J'adore la poésie, répondit O'Brien, mais je ne vois pas le dernier livre dont vous parlez dans la presse cette semaine.
— Ah oui, c'est vrai. J'ai vendu le dernier ce matin.
— Quel dommage ! J'aurais bien aimé en parler avec vous. Vous y racontez votre jeunesse semble-t-il ?

— C'est bien ça, j'y évoque mes premières années jusqu'à mon départ au service militaire.
— Vous parlez- de la colonie de vacances de Longeville ?
Étienne Dorival sembla soudain dubitatif.
— Oui, bien sûr, j'y étais en 1973…C'est étrange que vous évoquiez cette colo, on m'en a déjà parlé ce matin.
Rodan O'Brien en vieux chien de chasse dressa l'oreille.
— Je m'appelle Rodan O'Brien. Je suis détective. Je travaille actuellement sur une affaire qui agite les médias. Vous avez entendu parler des assassinats perpétrés dans la région depuis plusieurs semaines ?
— Je ne lis jamais la presse locale et je n'ai pas la télé, je préfère écrire. Je suis loin de tout dans le petit hameau où je vis seul. Non, je n'ai pas suivi l'actualité depuis des semaines.
— Et vous n'avez pas gardé un exemplaire de votre récit ? demanda O'Brien
Étienne Dorival observait ce détective dont la nervosité transpirait. Il se rappelait aussi son étrange client de ce matin et sa surprenante proposition.
— Aucun…Ce matin, un de mes lecteurs est passé, il avait lu le livre. Il m'a dit qu'il avait lui aussi participé à la colonie de vacances comme moi. Il était vraiment très nerveux. Et il m'a proposé d'acheter tous les exemplaires que j'avais en stock ! Il m'en restait 47 et il a tout pris ! C'est bien la première fois que ça m'arrive !
— Et vous connaissez son nom ?

— Non, il m'a réglé en espèces. Mais je connais son prénom. Je suis sûr que c'est celui dont je parle dans mon livre.
— Alors ? demanda fébrile O'Brien.
— Il s'appelle Victor.
Rodan O'Brien était soudain tout excité à l'idée d'approcher la vérité sur l'identité de celui dont Catherine Richard avait raconté l'histoire dans les locaux de la Police Criminelle.
— Vous avez sans doute une copie de votre texte ?
— Bien sûr, j'ai l'original sur mon ordinateur.
— Pourriez-vous me retrouver le passage sur la colonie de vacances ? Je travaille avec le commissaire Paul Mornard de la Police Criminelle, je peux lui demander de vous contacter pour en avoir une copie.
— Ce n'est pas nécessaire Je vous envoie un mail dès ce soir monsieur O'Brien.
— Tenez, voici ma carte. Si quelque chose vous revient, vous pouvez m'appeler » dit O'Brien en quittant Dorival.

Rodan O'Brien rentra chez lui.
Il consulta aussitôt la liste des colons de 1973 :
« Bingo ! s'écria-t-il encore une fois comme il en avait pris l'habitude. »
Dans la liste, un seul Victor.
Victor Coupelle.

Il appela le mobile de son ami Mornard.

« Paul ? Excuse-moi de te déranger mais j'ai une info de première ! Je reviens du salon du livre de Saint-Paterne, j'ai rencontré l'écrivain Étienne Dorival, je crois que j'ai trouvé le nom de l'assassin !
— Tu es chez toi ? J'arrive ! »

Paul Mornard quitta précipitamment la fête de famille à laquelle il avait été convié. Il mit moins de vingt minutes pour arriver à Saint-Martin-des-forêts, chez Rodan O'Brien.
« J'attends un mail de l'écrivain Étienne Dorival » l'informa aussitôt Rodan O'Brien. « Je l'ai rencontré ce matin et il m'a donné une information qui complète le récit de Catherine Richard. Le gamin concerné s'appellerait Victor. Or, dans la liste des garçons, il n'y a qu'un seul Victor : Victor Coupelle !
— Bravo Rodan ! s'exclama Paul Mornard. Je vais tout de suite communiquer l'info à mon équipier de permanence pour qu'il le recherche. »
Le léger tintement qui venait de retentir était une alerte de réception d'un message.
« Vous avez un nouveau message » s'afficha sur l'écran.
Les deux enquêteurs se rapprochèrent prestement de l'ordinateur.
Rodan O'Brien ouvrit le mail qui émanait de l'écrivain Étienne Dorival.

« Bonjour. Comme promis, je vous adresse en pièce jointe un extrait de mon livre, et plus précisément le chapitre que j'ai consacré à la colonie de vacances de Longeville. Bonne lecture. »
Rodan ouvrit aussitôt le document joint.

Chapitre 30

L'homme sortit le carton de sa voiture.
Quarante-sept livres, ça pèse lourd.
Il revenait du salon de Saint Paterne où il venait de racheter tout le stock de ce maudit bouquin. Il repensa à l'auteur du livre : « Cet Étienne Dorival a dû en garder un fichier quelque part. Il faudra que je m'occupe de ça très rapidement ! »
Il rangea le carton dans le fond de son garage : il le brûlerait plus tard.
Il rejoignit son bureau et prit la fiche en haut de laquelle figurait un prénom et un nom : Alain Bertaud.
Il n'avait pas eu de mal à en retrouver la trace, ce dernier faisait régulièrement l'objet d'articles dans la presse régionale rapportant ses exploits de joueur d'échecs.
Il savait ainsi qu'il était président du club de Saint-Pierre-des-Corps.
Il composa le numéro de portable indiqué sur le site web.

« Bonjour. Je viens d'arriver dans la région, je suis un joueur occasionnel d'échecs mais j'aimerais m'inscrire dans votre club pour me perfectionner.

— Nous avons une permanence chaque matin de 10 à 12. Vous pouvez passer à partir de demain.

— Parfait ! À demain. »

En raccrochant l'homme eut un sourire qui persista un long moment sur son visage. Il allait enfin terminer la mission qu'il s'était assignée. Avec Alain Bertaud, il en aurait fini.

Et pourtant…il y avait aussi le « problème Étienne Dorival ». Il n'était pas dupe, l'écrivain avait sûrement chez lui l'original de son bouquin, et il ne voulait pas laisser cette histoire, son histoire, continuer à être livrée sur la place publique.

« Tenez, prenez ma carte, lui avait dit Dorival après lui avoir remis le carton contenant les 47 exemplaires de son livre. »

L'homme composa le numéro inscrit sur la carte.

« Monsieur Dorival ? »

Chapitre 31

Rodan O'Brien et Paul Mornard avaient les yeux fixés sur l'écran. Ils découvraient le texte envoyé par Étienne Dorival.
Le récit de Catherine Richard, l'amie éphémère d'Hortense Mirellois, y était en tous points confirmé. Les détails apportés par l'écrivain avaient fini d'éclairer les deux enquêteurs sur le motif des « meurtres à la plume ».
Ils venaient de terminer la lecture du texte quand le mobile de Rodan O'Brien sonna.
« Monsieur O'Brien ? Étienne Dorival. Vous m'avez dit que je pouvais vous appeler… »
Rodan mit son téléphone sur haut-parleur pour partager la conversation avec le commissaire Mornard
« Bien sûr ! Vous avez quelque chose de nouveau ?
— Eh bien, je viens de recevoir un appel du gars qui m'a acheté tout mon stock de livres, celui qui s'appelle Victor.
— On a retrouvé son nom, précisa O'Brien, il s'appelle Victor Coupelle.

— Coupelle ? ... Non, ça ne me rappelle rien. Mais c'est bien lui dont j'ai raconté l'histoire.
— Et qu'est-ce qu'il vous a dit ?
— En fait, il m'a proposé un rendez-vous.
— Vous savez pourquoi ?
— Il voudrait me préciser certains détails sur les événements qui se sont passés à la colonie de vacances.
— Et vous allez le rencontrer ?
— On a prévu de se retrouver demain à 10 heures à Tours, au bar *Le Valmy*, vous connaissez ?
— Je connais, répondit O'Brien »

Paul Mornard et Rodan O'Brien jubilaient.
« Je crois qu'on le tient ! déclara O'Brien enthousiaste.
— Je rentre au bureau préparer mon équipe. Je t'attends demain matin à la Crim' »

Chapitre 32

Victor Coupelle se réveilla tôt ce lundi matin. Il avait deux rendez-vous à honorer.
« Je vais d'abord au *Valmy* et puis je m'occuperai d'Alain Bertaud le joueur d'échecs » se dit-il tout bas.

Le Valmy était un bar situé place de la Résistance à Tours.
Étienne Dorival y avait ses habitudes et il avait proposé cet endroit pour leur rendez-vous.
À dix heures précises, Victor Coupelle s'installa à une table et commanda un café.
L'écrivain arriva quelques minutes après, jeta un coup d'œil et aperçut Victor au fond du bar.
« Bonjour Victor, dit-il en s'installant à la table.
— Bonjour Étienne. Tu prends quelque chose ?
— Un café, merci ! Commanda Étienne à la serveuse. »
Puis il s'adressa à Victor.
« Alors ? Qu'est-ce que tu voulais me dire ?

— Je me souviens de toi, commença Victor. Tu étais très ami avec Michel Perrot, celui qui est devenu maire de Saint-Paulin-sur-Vive, me semble-t-il ?

— Oui, et nous sommes longtemps restés en contact. C'est d'ailleurs grâce à lui que j'ai pu reconstituer ton histoire avec autant de précisions. Il a quand même été le principal instigateur de tout ça.

— C'est vrai » répondit Victor qui ajouta « Je voulais savoir si tu avais conservé une copie de ton livre.

— Bien sûr, j'ai le fichier sur mon ordinateur.

— Tu sais, lire cette histoire dans ton livre m'a beaucoup affecté et j'aimerais que tu en effaces toute trace. »

Étienne Dorival parut soudain très surpris. Victor Coupelle crut un instant que sa demande en était la cause.

En fait, Étienne Dorival regardait les deux hommes qui venaient d'entrer dans le bar et il avait reconnu le détective Rodan O'Brien en l'un d'eux.

L'homme qui accompagnait O'Brien s'adressa à Victor Coupelle.

« Monsieur Victor Coupelle ? Je suis le commissaire Paul Mornard et voici mon collaborateur Rodan O'Brien. Vous êtes en état d'arrestation. Mes hommes sont postés devant le bar, gardez votre calme et tendez vos mains. »

Étienne Dorival était abasourdi. Le commissaire venait de passer les menottes aux poignets de Victor Coupelle.

« Qu'est-ce qui se passe ? Demanda-t-il incrédule.

Rodan O'Brien lui répondit :

« Victor est soupçonné de plusieurs assassinats qui seraient liés à ce qui s'est passé à la colonie de vacances de Longeville en 1973.

— Vous avez suivi la presse depuis quelques semaines ? Demanda Paul Mornard à Étienne Dorival

— Non ! Quand j'écris je m'isole complètement, je ne lis pas les journaux, je n'écoute pas la radio et je n'ai pas la télé.

— Eh bien, lisez les journaux à partir de demain et vous y trouverez toutes les infos » Puis s'adressant à Victor « Allez monsieur Coupelle, votre garde à vue a débuté, on vous emmène à la Criminelle. »

Paul Mornard accompagné de son ami Rodan O'Brien rejoignirent les bureaux de la Police Criminelle suivis par le fourgon qui transportait Victor Coupelle. À son arrivée, ce dernier fut minutieusement fouillé : on trouva sur lui un Colt 45 et une plume de pigeon.

Victor Coupelle passa aux aveux immédiatement et reconnut les neuf assassinats qui avaient tant agité la sphère médiatique depuis plusieurs semaines.

Quand on lui demanda à qui était destinée cette plume trouvée dans sa poche, il nomma aussitôt Alain Bertaud, le joueur d'échecs.

« Vous aviez l'intention de le tuer ? demanda O'Brien

— Lui comme tous les autres » répondit Victor qui ajouta « Il l'aura échappé belle ! »
— Qu'est-ce qui vous a poussé à commettre tous ces meurtres après tant d'années ? demanda Paul Mornard.
— J'ai tenté toute ma vie d'oublier cette humiliation, mais quand j'ai lu par hasard mon histoire publiée dans le livre de Dorival, le désir de vengeance m'a submergé, je ne pouvais plus vivre avec la honte. »

Paul Mornard appela le juge d'instruction.

Dans le bureau du juge, Paul Mornard présenta son ami Rodan O'Brien. Il voulait que ce dernier puisse lui-même montrer le courriel qu'il avait reçu de l'écrivain Étienne Dorival.
Rodan O'Brien tendit quelques feuillets au juge.
« Voici le récit écrit par Étienne Dorival dans son livre.»

Chapitre 33

« *Chapitre 17 : Longeville, Août 1973.*

En juillet, nous prîmes les cars qui nous emmenèrent à Longeville, en Vendée.
C'est là que se trouvait la colonie de vacances organisée par le Conseil Général.
Nous étions une centaine d'enfants provenant de tout le Département, filles et garçons qui pour la plupart n'avaient jamais vu la mer. C'est dire l'excitation qui régnait dans les véhicules.
Il nous fallut plus de quatre heures d'un voyage épuisant sous le soleil de juillet pour arriver jusqu'à notre lieu de vacances.
Le bâtiment principal abritait au rez-de-chaussée la grande cuisine, le réfectoire, l'infirmerie, les sanitaires et une petite pièce qui servait de bibliothèque. Accolé au bâtiment, un immense préau.
Il y avait aussi une pièce réservée aux monitrices et moniteurs contigüe au bureau du directeur de la colonie.

Au premier étage se trouvaient les dortoirs séparés des filles et des garçons.
Au deuxième étage sous le toit mansardé, un immense grenier, espace dans lequel tout le monde se regroupait après le repas du soir pour partager un moment à chanter accompagné par la guitare d'une des monitrices.

Devant ce grand bâtiment, un immense terrain tout ensablé où s'organisaient les jeux divers destinés à occuper les jeunes colons. Tout autour, une forêt de pins embaumait l'air d'une odeur entêtante de résine.
À quelques centaines de mètres, l'océan et la plage qu'on rejoignait à pied presque chaque après-midi.

Hortense Mirellois venait d'un petit village de l'est du Département, Saint-Martin-des-Forêts. Elle avait vite pris l'ascendant sur une troupe de filles qui la suivaient sans cesse. Fière, elle traversait la cour comme une princesse, la tête haute et le regard dédaigneux.

Après la baignade, on nous distribuait le goûter : une tartine de pain avec un jour sur deux une barre de chocolat, le lendemain une pâte de fruit !

En sortant du bain, Hortense Mirellois s'asseyait sur sa grande serviette, entourée de sa petite cour. Elle distillait quelques mé-

chancetés sur celles qui l'ignoraient et ne manquait pas de se moquer des garçons qui jouaient bêtement au ballon près de la dune.

Ce jour-là, Hortense sortit de son sac de plage un papier qu'elle déplia en quatre. Elle fit signe à ses copines de s'approcher d'elle le plus possible.
« Regardez ce que j'ai trouvé dans mon sac tout à l'heure. »
Elle montra le message.
« Vous allez rire, ajouta-t-elle. C'est un poème ! »
Chacune prit rapidement connaissance du texte.
Et toutes se mirent à glousser.
Quatre vers maladroits comme une déclaration d'amour.
« Mais qui a bien pu écrire ça ? demanda l'une des fillettes. C'est nul ! Et comment il a réussi à le mettre dans ton sac ?
— Je ne sais pas, répondit Hortense, mais on va bien le trouver ce poète !
— Il ne manque pas d'air, rétorqua une autre fille, tandis que toutes cherchaient autour d'elles qui pouvait bien être l'auteur impudent de ce sacrilège
— On va bien voir s'il ose recommencer, reprit Hortense, et si on l'attrape, il verra de quoi je suis capable. »
Les filles se regardaient, conscientes de la méchanceté d'Hortense, elles redoutaient ce qu'il adviendrait à l'imprudent qui avait osé s'adresser sans permission à « sa majesté ».

*

Assis près de la dune, le jeune Victor regardait les autres garçons jouer au ballon. Il était rarement sollicité pour intégrer les équipes qui se constituaient ainsi chaque jour.
Victor était un peu trop gros pour son âge, il peinait à courir dans le sable et s'était très souvent retrouvé seul après le goûter. Heureusement, il était passionné de lecture et avait pris l'habitude d'emprunter un livre à la petite bibliothèque que le directeur de la colonie avait constituée au fil des années.
Victor lisait. A quelques mètres devant lui, Hortense et sa bande de copines. Le bruit incessant des vagues l'empêchait de les entendre mais il avait vu ce qui venait de se passer.
Hortense avait trouvé son mot, elle le montrait aux autres filles. Il lui semblait qu'elles avaient ri !

Victor évita de les regarder avec trop d'insistance.
Depuis qu'il avait vu Hortense pour la première fois à la descente du car qui les avaient amenés, il avait ressenti un frisson étrange le parcourir. C'était comme une vague de mélancolie qui l'avait soudain submergé, une sensation inconnue.
Hortense le subjuguait. Sa façon de marcher la tête haute, traversant la cour comme une princesse, illuminait ses yeux et faisait battre son cœur comme jamais auparavant.
Victor était tombé amoureux d'Hortense !

Plusieurs fois, il s'était approché d'elle et il avait ressenti tout le poids méprisant de son regard quand il l'avait croisé par hasard. Chaque fois il avait baissé la tête pour y échapper.
Comment lui dire ?
Comment lui faire savoir ce qu'il ressent ?
Victor écrivait. Depuis quelques mois, il s'essayait à la poésie. Avec enthousiasme, il s'adonnait à cette nouvelle passion qui l'avait envahi à la lecture d'une anthologie de la poésie prêtée par son professeur de français.
Victor allait écrire.
Il écrirait un poème qu'il ferait parvenir à Hortense.

Il avait profité de la baignade pour glisser le papier plié dans le sac de plage d'Hortense. Et attendu assis près de la dune qu'elle découvre le message.

Les monitrices et les moniteurs regroupèrent tous les jeunes colons pour quitter la plage et rejoindre le centre avant le dîner.

Hortense Mirellois s'approcha du groupe des garçons et s'adressa à l'un d'entre eux
« Michel ? J'ai besoin d'un service. On se retrouve après le repas devant l'infirmerie. »

Après le dîner, les colons avaient quartier libre pendant une heure en attendant les activités que les encadrants organisaient chaque soir avant le coucher.

Michel Perrot attendait Hortense Mirellois. Elle arriva entourée de sa cour habituelle.
Il était venu avec une dizaine de ses copains qui le quittaient rarement. Comme Hortense, il avait vite pris l'ascendant sur un certain nombre des colons et constitué autour de lui une petite équipe de fidèles.
Hortense s'adressa aux garçons.
« Voilà, je voudrais que vous m'aidiez à trouver celui qui a mis ce mot dans mon sac, dit-elle en tendant le papier à Michel qui le parcourut rapidement.
— C'est un poème ? C'est nul ! déclara-t-il avant de le faire passer à ses copains qui validèrent son jugement péremptoire en ricanant ostensiblement.
— Je peux compter sur vous ? Renchérit Hortense.
—Tu peux ! Répondit fièrement Michel, trop heureux de l'intérêt qu'Hortense semblait soudain lui manifester.
— Quand vous l'aurez trouvé, il faudra qu'on s'occupe de lui.
— Compris ! confirma Michel Perrot improvisant en souriant un garde-à-vous approximatif. »
Hortense tourna aussitôt les talons suivie de sa cour.

Michel Perrot s'adressa alors à sa troupe.

« *Vous avez compris, les gars ? On cherche un poète ! Dans une semaine on s'en va d'ici, il faut faire vite !* »

Les membres de la petite bande se mirent à observer les autres garçons.
Régulièrement, Hortense Mirellois venait s'enquérir auprès de Michel Perrot de l'état d'avancement des recherches. Elle devenait de plus en plus impatiente à mesure qu'approchait la fin du séjour. Elle exigeait avec fermeté qu'on trouve le poète au plus vite !
Outre Michel Perrot, le futur politicien, la petite troupe se composait d'une dizaine de garnements : J'en ai suivi plus tard certains dont les activités étaient plus ou moins publiques.
Je me souviens de Georges devenu prêtre de la paroisse de Saint Saturnin, Alain qui s'illustre comme joueur d'échecs, Gérard dont j'ai lu les exploits réalisés dans les concours de pétanque. Il y avait aussi Jean-Louis, Claude et quelques autres dont j'ai oublié les prénoms.

Un matin, Michel Perrot rameuta toute sa troupe.
« *On le tient, le poète ! Hier soir dans le dortoir, Georges a repéré un gars qui écrivait dans son lit à la lumière de sa lampe torche. Il m'a réveillé et on est allé le surprendre. Regardez ce qu'on lui a pris : des poèmes ! Il écrit des poèmes, le gars !* »
Au réfectoire, pendant le petit-déjeuner, Michel Perrot fit signe à Hortense Mirellois.

Hortense sortit du réfectoire et se dirigea vers le préau, suivie par Michel Perrot.
« Alors ? Demanda-t-elle à Michel Perrot.
— On a découvert le poète ! Dit Perrot en bombant le torse. C'est Victor, le blondinet. Tiens, regarde ce qu'on a récupéré sur lui : des poèmes ! Et en plus il avait mis ça dans une enveloppe sur laquelle il a écrit « pour Hortense ». Pas de doute !
— C'est bien ! Et maintenant je veux qu'on lui donne une bonne leçon à ce minus, vois avec tes copains ce que vous pouvez faire. »
Hortense Mirellois tourna aussitôt les talons, laissant Michel Perrot dubitatif : il fallait faire vite et trouver une punition qui convienne à Hortense.

Michel Perrot réunit sa troupe au bout du terrain de foot.
« Hortense attend qu'on punisse le poète. Qui a une idée ? »
Georges le futur prêtre leva la main, comme à l'école !
— Je crois que j'ai une idée. »
Et Georges expliqua son plan.
« J'ai trouvé la solution dans une bande dessinée que j'ai apportée dans ma valise. Vous connaissez « Lucky Luke ». Vous vous souvenez de la façon dont on y punit les tricheurs aux cartes ? Le goudron et les plumes ?
— Oh oui ! s'exclama Michel. Mais on n'a ni goudron ni plumes !

— *On a les plumes, rétorqua Georges. Nos oreillers en sont remplis, il suffit de trouver un truc collant pour les faire tenir. »*
Tous réfléchissaient en silence.
« Je sais ! s'écria soudain l'un des garçons. De la confiture !
— *Super ! Génial ! » Reprirent en chœur les autres garçons.*
— *Bonne idée ! Demain matin, on fait le plein de barquettes de confiture » ordonna Michel Perrot, « Je m'occupe de récupérer des plumes dans des oreillers »*

Le lendemain matin, tous les garçons de la bande eurent envie de manger beaucoup de confiture. Au lieu de la barquette prévue par enfant, ils en remplirent subrepticement leurs poches.
Michel Perrot s'approcha de la table d'Hortense Mirellois et lui chuchota à l'oreille.
« Ça y est ! On est prêt ! On t'attend dehors »
Le déjeuner fut vite expédié et tous se retrouvèrent rapidement sous le préau, Hortense et sa cour, Michel et sa troupe.
Quand Michel expliqua le plan que sa bande avait conçu, Hortense et ses copines jubilèrent.
« Super ! On va bien s'amuser ! s'exclama Hortense. On va lui donner une bonne leçon à ce Victor.
— *Rendez-vous ce soir après le dîner » ajouta Michel Perrot. Puis s'adressant de nouveau à Hortense « Tu te débrouilles pour nous l'amener et on se charge de lui.*
— *C'est parfait, déclara Hortense. »*

Filles et garçons se dispersèrent pour rejoindre leurs encadrants respectifs qui, comme chaque jour, allaient organiser le programme de la matinée.

*

Victor s'était senti humilié quand Michel et Georges l'avait surpris en train d'écrire dans son lit. Ils lui avaient subtilisé la précieuse enveloppe dans laquelle il conservait les poèmes que chaque jour il écrivait en pensant à Hortense.
Après le déjeuner, tous les colons se rendirent à la plage.
Victor observait la bande de Michel Perrot qui semblait l'ignorer complètement. Qu'avait-il fait de ses poèmes ? Qu'allait-il en faire ?
La baignade terminée et le goûter englouti, tous s'égaillèrent pour s'adonner aux habituelles activités qui les occupaient jusqu'à la fin de l'après-midi.
Victor, comme chaque jour, s'assit au pied de la dune, regardant discrètement le petit groupe agglutiné autour d'Hortense Mirellois.
Il l'aperçut se lever soudain et fut surpris de la voir se diriger vers lui d'un pas décidé.
« Tu t'appelles Victor ? lui demanda-t-elle d'une voix étonnamment suave.
— Oui…répondit-il timidement.

— On m'a donné une enveloppe contenant des poèmes, reprit Hortense, je les ai lus, c'est toi qui écrit ça ?
— Oui, souffla Victor tétanisé.
— Je les trouve très beaux. Je suis touchée que tu écrives pour moi. Je voudrais t'en parler plus discrètement. Ce soir, après le dîner, je t'attends derrière le bâtiment. »
Hortense laissa Victor en plein désarroi. Se pouvait-il qu'Hortense fut sensible à sa poésie ? Elle si hautaine, si lointaine ?
Victor avait du mal à croire à ce qui venait de se passer. C'était trop beau ! Le bonheur l'inondait. Et elle lui avait donné un rendez-vous !
Que l'après-midi lui parut longue, que le dîner fut interminable !

À 19h30, Victor vit Hortense se diriger vers l'arrière du bâtiment principal. Il avait eu le temps de lui écrire un nouveau poème et il espérait pouvoir lui donner en main propre aujourd'hui.
Victor aperçut Hortense qui l'attendait.
Il n'eut pas le temps de lui tendre le papier qu'il tenait à la main. En quelques secondes, il se retrouva cerné par la bande de Michel Perrot et toutes les copines d'Hortense Mirellois.
Victor regarda Hortense : Son visage avait changé.

« Qui t'a permis de croire que je pouvais m'intéresser à toi ? Lui jeta à la figure une Hortense soudain haineuse. C'est vraiment nul ce que tu écris ! »
Elle sortit d'une poche l'enveloppe qui contenait les textes de Victor.
« Voilà ce que j'en fait de tes poèmes ! » Dit-elle tout en les déchirant avec rage.
— À vous maintenant » Ajouta-t-elle en direction de la troupe des garçons.
Victor se sentit agrippé par plusieurs mains.
« Tenez-le bien ! » Ordonna Michel Perrot. « Allez les gars, la confiture ! »
Victor ne pouvait plus bouger, tenu fermement par la dizaine de justiciers.
En quelques secondes, il se retrouva enduit de confiture sur le visage et les vêtements.
« Les plumes, maintenant » s'écria Michel Perrot.
Georges s'était chargé de récupérer l'oreiller : tous les garçons y plongèrent les mains pour en sortir les plumes qu'ils collèrent sur le pauvre Victor. Hortense elle-même en attrapa une poignée qu'elle lui plaqua rageusement sur le visage.
« Voilà pour toi le poète ! Que ça te serve de leçon ! » Et elle tourna les talons d'un air fier, entraînant avec elle ses fidèles copines.
« C'est bon les gars, lâchez-le ! » Déclara aussitôt Michel Perrot.

Tous les garçons rejoignirent les autres colons à l'avant du bâtiment, laissant Victor Coupelle emplumé de la tête aux pieds.
Victor allait rejoindre les sanitaires pour tenter de se nettoyer quand il croisa le directeur de la colonie.
« Qu'est-ce qui s'est passé ? S'écria-t-il effaré. Qui t'a fait ça ? »
Victor Coupelle refusa de répondre. Le directeur appela l'infirmière qui aida Victor à se débarrasser des plumes et de la confiture.
À 20h, devant tous les enfants réunis dans l'attente de la soirée musicale habituelle, le directeur prit la parole.
« Un de vos camarades a été sauvagement agressé par plusieurs d'entre vous. Il n'a pas voulu donner leurs noms. Ce qui s'est passé est inadmissible, je demande donc aux coupables de venir eux-mêmes se faire connaître à mon bureau. En attendant, je suspends toutes les activités, les soirées et les baignades. »

Personne ne vint se dénoncer et pendant les trois jours qui restaient avant le retour en car, le directeur tint parole. Toutes les activités ludiques furent supprimées et pendant la journée nous dûmes rester confinés dans le réfectoire pour s'y adonner à divers exercices scolaires concoctés par le directeur et les encadrants.
La mésaventure de Victor fut bientôt connue de tous et j'en ai moi-même entendu le récit précis par Michel Perrot, avec lequel j'avais sympathisé sans avoir intégrer sa petite bande, pas

avare de confidences sur ce qu'il considérait comme un exploit. »

*

Le juge d'instruction termina la lecture du récit d'Étienne Dorival.

Victor Coupelle fut inculpé pour 9 assassinats prémédités et incarcéré à la maison d'arrêt de Tours.

Il y eut un procès retentissant suivi par de nombreux anciens ayant participé à la colonie de vacances de Longeville en 1973, beaucoup d'entre eux étant cités comme témoins par la Défense.

Alain Bertaud, le champion d'échecs, fut particulièrement visé par les avocats de Victor Coupelle, étant le seul survivant du groupe de justiciers qui constituaient la bande à Michel Perrot.